SIEGFRIED

Harry Mulisch
SIEGFRIED
Een zwarte idylle

2004
DE BEZIGE BIJ
AMSTERDAM

Copyright © 2001 Harry Mulisch Amsterdam
Eerste druk januari 2001
1ste tot en met 70ste duizendtal
Tweede druk februari 2001
71ste tot en met 105de duizendtal
Derde druk maart 2002
106de tot en met 135ste duizendtal
Vierde druk maart 2002
136ste tot en met 145ste duizendtal
Vijfde druk juli 2002
146ste tot en met 153ste duizendtal
Zesde druk februari 2003
154ste tot en met 168ste duizendtal
Zevende druk februari 2004
169ste tot en met 176ste duizendtal
Omslagontwerp Studio Jan de Boer
Foto auteur Klaas Koppe
Druk Wöhrmann, Zutphen
www.mulisch.nl
ISBN 90 234 1469 1
NUR 301

Warum holt mich der Teufel nicht?
Bei ihm ist es bestimmt schöner als hier.

EVA BRAUN, Dagboek, 2.III.35

1

Toen het landingsgestel met een dreun het beton raakte, schrok Rudolf Herter wakker uit een diepe, droomloze slaap. Met loeiende motoren remde het toestel af en verliet in een soepele bocht de landingsbaan. *Flughafen Wien.* Een beetje kreunend kwam hij overeind; hij had zijn schoenen uitgetrokken en masseerde met een pijnlijk gezicht de tenen van zijn linkervoet.

'Wat heb je?' vroeg de lange, veel jongere vrouw die naast hem zat. Zij had rossig, opgestoken haar.

'Ik heb kramp in mijn wijsteen.'

'In je wat?'

'In mijn wijsteen.' Hij lachte en keek in haar grote, groenbruine ogen. 'Is het niet vreemd dat alles aan je lichaam namen heeft, neusvleugel, oorschelp, elleboog, handpalm, alleen de twee tenen links en rechts van je middelteen niet? Die zijn vergeten.' Hij lachte en zei: 'Hierbij doop ik ze wijsteen en ringteen. Begroet in mij de voltooier van Adam, die de namen gaf.' Hij keek haar aan. 'Maria is trouwens niet zo gek ver verwijderd van Eva.'

'Jij blijft in elk geval altijd even gek,' zei Maria.

'Dat is mijn beroep.'

'Goede reis gehad, meneer Herter?' vroeg de purser, die hun jassen kwam brengen.

'Alleen een kwart flesje Elzasser te veel gedronken boven Frankfurt. Vreselijk. Elk glas wijn moet ik tegenwoordig betalen met tien minuten extra slaap.'

Omdat zij business class reisden, konden zij als eersten het vliegtuig verlaten. Herter keek in de blije, wijd open ogen van de opgestelde crew; ook de gezagvoerder was in de deuropening van de cockpit verschenen.

'Dag meneer Herter, prettige dagen in Wenen,' zei hij met een brede lach, 'en bedankt voor uw prachtige boek.'

'Ik deed slechts mijn plicht,' zei Herter met een grijns.

Bij de Baggage Claim rukte Maria een wagentje uit de in elkaar geschoven rij, terwijl Herter met zijn jas over zijn arm tegen een pilaar leunde. Het volle haar rondom zijn scherpe gezicht sloeg als vlammen uit zijn hoofd, maar tegelijk was het zo wit als het schuim van de branding. Hij droeg een groenig tweed pak met vest, dat tot taak leek te hebben zijn lange, smalle, breekbare, welhaast doorzichtige lichaam bij elkaar te houden; na twee kankeroperaties en een hersenbloeding voelde hij zich fysiek als een schaduw van de schaduw van wat hij eens was – maar alleen fysiek. Met zijn koele, grijsblauwe ogen keek hij naar Maria, die als een jachthond bij een vossenhol haar ogen gevestigd hield op de rubberen flappen, die het ene moment een kalfsleren tas van Hermès doorlieten, het volgende een armoedig, met touw dichtgebonden pakket. Ook zij was lang en slank, maar dertig jaar jonger dan hij en dertig keer sterker. Met krachtige zwaaien trok zij hun koffers van de lopende band en zette ze in dezelfde beweging op het karretje.

Toen zij door de openschuivende deuren in de aankomsthal kwamen, keken zij tegen een lange rij omhooggehouden bordjes en papieren aan: *Hilton Shuttle*, *Dr. Oberkofler*, *IBM*, *Frau Marianne Gruber*, *Philatelie 1999*...

'Niemand voor ons,' zei Herter. 'Ik word altijd door iedereen in een hoek getrapt en uitgelachen.' Hij voelde zich duizelig.

'Meneer Herter!' Een kleine, kennelijk zwangere dame kwam op hem af en reikte hem lachend haar hand. 'Ik herken u natuurlijk. Iedereen herkent u. Thérèse Röell van de nederlandse ambassade. Ik ben de tweede man.'

Lachend boog Herter zich voorover en gaf haar een handkus. Een hoogzwangere tweede man. Dit soort dingen was het wat hem zo beviel aan Nederland: het goede humeur. Op al die ontelbare literaire en literair-politieke congressen en conferenties die hij in zijn leven had bijgewoond, allemaal even nutteloos overigens, was bij de nederlandse delegaties de stemming altijd het best. Terwijl de duitsers en de fransen 's avonds in loden ernst bij elkaar zaten om hun strategie voor de volgende dag te bepalen, vormden de nederlanders onveranderlijk een uitgelaten club. Zelfs in de ministerraad, had hij zich door een bevriende bewindsman laten vertellen, heerste regelmatig de slappe lach.

De auto van de ambassade wachtte pal voor de uitgang; de chauffeur, een man met een reusachtige, opgedraaide grijze snor, hield de portieren open. Het was plotseling veel kouder dan in Amsterdam. Op de achterbank besprak hij zijn programma met de tweede man. Maria, die hij had voorgesteld als zijn vriendin, zat half gedraaid naast de chauffeur, zodat zij het gesprek kon volgen, – niet alleen uit belangstelling, ook omdat zij wist dat hij nu nog moeilijker kon verstaan wat er gezegd werd dan anders, aangezien zijn hoortoestel bovendien het geluid van de motor versterkte. Nu en dan keek hij haar even aan, waarop zij mevrouw Röells woorden min of meer onopvallend herhaalde. Om hem te sparen, was er een strenge selectie gemaakt. Vandaag was er alleen een kort televisie-interview voor een kunstzinnig actualiteitenprogramma, dat later op de avond werd uitgezonden, maar hij had voldoende tijd om uit te pakken en zich op te frissen. Morgenochtend waren er interviews met drie vooraanstaande dag- en weekbladen, dan lunch bij de ambassadeur en 's avonds de lezing. Donderdag had hij de tijd volledig aan zichzelf. Zij overhandigde hem de papieren en een paar kranten met voorbeschouwingen over zijn werk, die hij meteen doorgaf aan Maria. Hij maakte een korte beweging met zijn wenkbrauwen, zodat Maria wist dat zij het gesprek nu moest overnemen.

Het centrum ontving hem met de grandioze, monumentale omarming van de Ringstraße. Hij kwam niet vaak in Wenen, maar elke keer voelde hij zich hier vertrouwder dan in enige andere stad. Zijn familie stamde uit Oostenrijk; blijkbaar droeg een mens in zijn genen ook steden en landstreken met zich mee waar hij zelf nooit geweest was. Het was druk, de lage novemberzon maakte de wereld fel en precies; de laatste herfstbladeren aan de bomen waren te tellen, na de eerstvolgende storm zouden ook zij verdwenen zijn. Toen zij langs een helgroen plantsoen reden, overdekt met goudgele bladeren, wees hij er naar en zei:

'Zo voel ik mij tegenwoordig ook vaak.'

Bij de majestueuze Opera zwenkte de auto rechtsaf de Kärtner Straße in en stopte bij Hotel Sacher. Mevrouw Röell excuseerde zich dat zij morgen niet bij de lunch en de lezing kon zijn, maar donderdagavond zou zij hen afhalen en naar het vliegveld brengen.

Bij de receptie in de drukke lobby werd hij blij verrast ontvangen als iemand op wie het luxueuze hotel sinds jaren had gewacht. Herter liet het zich minzaam aanleunen; maar omdat hij voor zichzelf nooit was geworden wat hij nu al sinds tientallen jaren voor anderen was, dacht hij: – Dit is allemaal bedoeld voor een jongen van achttien, die, vlak na de Tweede Wereldoorlog, straatarm en onbekend probeert een verhaal op papier te krijgen. Maar misschien, dacht hij geamuseerd, terwijl hij de bediende met hun koffers volgde door lange, donkerrood gestoffeerde gangen met geschilderde portretten uit de negentiende eeuw, in zware, vergulde lijsten, misschien was het in werkelijkheid minder bescheiden, – misschien was het eigenlijk precies andersom: misschien was hij inderdaad onveranderd, maar dan in die zin dat hij voor zichzelf altijd al degene was geweest die hij nu ook voor anderen was, ook al op zijn zolderkamer met de ijsbloemen op de ruiten.

Op de tafel in de zitkamer van de ruime suite, een hoekkamer die er met haar kristallen kroonluchters en romantische schilderijen uitzag als een boudoir van keizerin Sissi, stond een vaas met bloemen, een grote schaal fruit met twee bordjes, bestek en servetten en een fles sekt in een verzilverde koeler; bij twee kleine, bruine sachertaartjes lag een handgeschreven welkomstkaart van de directeur. Nadat zij de werking van alle knoppen uitgelegd hadden gekregen, begon Herter meteen uit te pakken om de sporen van de reis te verwijderen en aan de volgende etappe te beginnen. Zittend op de rand van het bed belde Maria intussen zijn vrouw, Olga, om hun behouden aankomst te melden; zij was de moeder van zijn twee volwassen dochters, in Amsterdam paste zij nu op Marnix, het zevenjarige zoontje dat zijzelf van Herter had. Toen zij het bad liet vollopen en zich uitkleedde, ging Herter voor de hoekramen staan.

De overkant van de straat werd ingenomen door de zijgevel van de imposante, renaissancistische Staatsoper; op het plein aan de zijkant van het hotel, bij het ruiterstandbeeld op zijn verhoging, stond een rij fiakers voor de toeristen, de paarden met dekens over hun ruggen, de koetsiers in lange jassen met capes en met bolhoeden op, ook de vrouwelijke. Iets verderop was het Albertinamuseum, daarachter waren de torens en koepels van de Hofburg te zien in het dunne herfstlicht. Zijn gedachten gingen terug naar zijn eerste bezoek aan Wenen, nu zesenveertig jaar geleden. Hij was zesentwintig, blakend van gezondheid, een jaar eerder was zijn eerste roman verschenen, *De Vogelverschrikker*, die al in manuscript was bekroond; toen hij op zijn vijftigste de Staatsprijs kreeg, zei de minister dat hij een 'geboren Staatsprijswinnaar' was, en zo ervoer hij het zelf ook. Dit soort dingen lag kennelijk op zijn weg, maar behalve hijzelf wist nog niemand dat in 1952. Een bevriende journalist moest een internationale reportage maken voor een geïllustreerd weekblad en vroeg of hij hem gezelschap wilde houden. Autobanen waren er vrijwel nog niet, en in een Volkswagen reden zij over provinciale wegen via Keulen, Stuttgart en Ulm naar Wenen. Toen, halverwege de twintigste eeuw, was de Tweede Wereldoorlog nog maar net achter de rug; de steden lagen in puin, zij sliepen in ondergrondse schuilkelders, die provisorisch tot hotels waren ingericht. Ook Wenen was nog vol ruïnes. Twee herinneringen waren hem het duidelijkst bijgebleven. De eerste was, dat hij de ochtend na zijn aankomst wakker werd in zijn armoedige hotel in de Wiedner Hauptstraße, niet ver hier vandaan. Zijn kamer zag uit op een binnenplaats en toen hij het raam opende, werd hij getroffen door een totaal nieuwe sensatie: hij rook een onbestemde, zoete geur, die hij zich herinnerde zonder hem ooit eerder geroken te hebben. Was het denkbaar, dat je ook de herinnering aan geuren kon erven? Bovendien was er geen temperatuur. De stilstaande lucht was geen fractie koeler of warmer dan zijn huid; het was of hij vervloeide met de wereld, en op een of andere manier voelde hij zich thuisgekomen bij zijn vader, met wie hij toen geen woord meer kon wisselen. De tweede herinnering was een ontmoeting van een paar dagen later. Wenen was nog bezet door de vier geallieerden; tegen de gevel van de Hofburg, waar Hitler zich in 1938 had laten toejuichen, hing een reusachtige rode sovjetster met sikkel en hamer. Hoe het precies in zijn werk was gegaan wist hij niet meer, maar daar, in de russische sector, kwam hij in gesprek met een soldaat van het Rode Leger: een paar jaar jonger dan hij, een kop kleiner, een kwartiermuts schuin op zijn donkerblonde haar, soepele laarzen en een riem om zijn wijde, boerse uniformhemd met epauletten, dat over zijn broek hing. 'In gesprek' was niet de juiste uitdrukking, zij verstonden geen woord van elkaar, het enige dat hij te weten kwam was dat hij Joeri heette en dat hij uit de onmetelijke diepten van de Sovjet-Unie hierheen was gekomen om er op toe te zien, dat het zaad van Hitler niet weer zou ontkiemen. Gedurende een paar uur liepen zij met de armen om elkaars middel door Wenen en wezen elkaar op de oostenrijkers, waarbij zij maar één tekst uitspraken:

'Germanski niks Kultur.'

Waar was Joeri nu? Als hij nog leefde, liep hij tegen de zeventig. Herter zuchtte diep. Misschien moest hij het allemaal eens opschrijven. Het zou langzamerhand tijd voor zijn memoires zijn, als het niet zo was dat al zijn werk eigenlijk uit memoires bestond: niet alleen van zijn feitelijke leven, ook van zijn verbeelding, die niet van elkaar te scheiden waren. Er werd geklopt; een bediende zette een groot boeket neer, afkomstig van de ambassadeur.

Hij keek weer omlaag naar het plein. De aapjeskoetsiers verzorgden hun paarden, en achter een balustrade liet ook de bronzen aartshertog op zijn bronzen paard zijn blik over de stad dwalen. Op een leeg deel van het plein stond een groot, modern monument op de plaats waar tijdens een bombardement honderden weners waren omgekomen. Ook dat hadden zij te danken aan hun verloren zoon, die zij een paar jaar eerder zo verliefd in de armen waren gevallen op de Heldenplatz.

2

De interviewster, Sabine, meldde door de telefoon dat zij beneden op hem wachtte. In gezelschap van Maria nam hij de lift naar de weelderige, met mahoniehout gelambriseerde lounge; tussen grote spiegels en vazen met reusachtige boeketten waren alle fauteuils en banken bezet. Hij herkende Sabine aan de duitse uitgave van zijn laatste roman die zij onder haar arm droeg, als een herkenningsteken in aansluiting op een contactadvertentie. Ook door haar spijkerbroek en witte mannenhemd (links over rechts geknoopt in plaats van andersom) onderscheidde zij zich van het bourgeois publiek. Eer hij zich bij haar voegde, gaf hij Maria een kus op haar voorhoofd; zij was voor het eerst in Wenen en ging de stad in.

'Tot straks. Laten we vanavond maar hier eten.'
'Moet ik iets voor je kopen?'
'Ik heb alles al.'

Hij stelde zich voor aan de jonge, blonde vrouw en vroeg hoe lang het interview zou duren. Niet langer dan een minuut of vijf. Ook in haar blauwe ogen stond weer die glanzende blik van bewondering die hij zo goed kende, en die hem nog altijd in verlegenheid bracht. Zij keek hem aan, maar op een vreemde, dubbele manier: enerzijds zoals iemand iemand aankijkt, anderzijds zoals iemand naar een ding kijkt, een kunstwerk. Wat moest hij met die bewondering, die tegelijk een afstand schiep? Zijn leven lang deed hij eenvoudig waar hij zin in had, omdat hij zich anders dood zou vervelen, en toch was hij daarmee meer en meer zelf in een kunstwerk veranderd. Wat was zijn verdienste eigenlijk? Natuurlijk, de meeste mensen konden geen mooie boeken schrijven, maar die onmacht begreep hij eigenlijk even min als zij zijn eigen talent. Het sprak vanzelf dat hij mooie boeken kon schrijven. Om hun onbegrip te begrijpen moest hij denken aan een componist of een schilder: hoe was het godsmogelijk, dat je een symfonie of een schilderij kon maken? Op hun beurt zouden Bach en Rembrandt zijn onbegrip niet begrijpen. Je moest het eenvoudig *doen*. Dat die daden vervolgens leidden tot grandioze muziektempels, operahuizen, afgeleide grootheden als dirigenten en muzikanten, musea, schouwburgen, bibliotheken, standbeelden, geleerde boeken, straatnamen en een blik als die in de ogen van Sabine, dat was toch eigenlijk een mirakel.

In een zijkamer, de muren van onder tot boven overdekt met gesigneerde foto's van beroemde en vergeten gasten, van wie vermoedelijk geen enkele meer leefde, was alles in gereedheid voor de opname. Hij schudde de handen van de cameraman, de geluidsman en de lichtman, die elk een kleine buiging maakten, zoals in Nederland niemand dat in zijn hoofd zou halen. In een roodpluchen fauteuil sloeg hij zijn benen over elkaar, de lens en de lampen op zich gericht, boven zijn hoofd de hengel met de microfoon als de pluizige cocon van een reusachtig insect, Sabine vlak naast de camera in een rechte stoel.

'Een, twee, drie, vier,' zei zij.

De geluidsman draaide aan een knop en keek hem aan.

'Alles Vergängliche ist nur ein Gleichnis,' zei Herter, 'das Unzulängliche, hier wird's Ereignis; das Unbeschreibliche, hier ist's getan...'

Lachend keek Sabine op van haar aantekeningen en zei:

'Das Ewig-Weibliche zieht uns hinan.'

De geluidsman, die vermoedelijk helemaal niet had gehoord dat hier het slot van Goethes *Faust* werd geciteerd, maar die alleen het volume had geregeld, knikte.

'Loopt.'

'Loopt.'

Al was hij honderden keren voor de camera geweest, vrijwel zo lang als de televisie bestond, toch maakte zich nog steeds een lichte opwinding van hem meester als het weer zo ver was. Het had niets met plankenkoorts te maken, want hij wist dat hij zich met gemak er doorheen zou slaan, maar met het vervreemdende van de situatie: hij keek in de blauwe ogen van Sabine, met vlak daarnaast het alziende, glazen derde oog, bleek als dat van een dode vis, dat er voor zou zorgen dat het vanavond een gesprek onder honderdduizenden ogen zou zijn, die nu nog allemaal op iets anders gevestigd waren.

'Welkom in Wenen, Rudolf Herter uit Amsterdam. Morgenavond leest u in de Nationalbibliotheek uit uw magnum opus *De Uitvinding van de Liefde*, dat ook in Oostenrijk talloze enthousiaste lezers heeft gevonden. Het is een moderne versie van de middeleeuwse legende van Tristan en Isolde, – een ontroerende roman van bijna duizend pagina's, maar voor velen is zelfs dat nog te weinig. Kunt u de toeschouwers in het kort een denkbeeld geven van uw boek?'

'Nee, dat kan ik niet, en ik zal u vertellen waarom.'

Hij was natuurlijk een routinier, de vraag was hem al tientallen keren gesteld en hij wist nauwkeurig wat hij ging zeggen. Dat het gegeven er op zichzelf niet zo veel toe deed. Dat men bij voorbeeld kon besluiten, een toneelstuk te schrijven over een jongeman, wiens vader was vermoord door zijn oom, die vervolgens met zijn moeder trouwde, waarop hij zich voornam zijn vader te wreken, maar daar kwam het niet van. Dat kon leiden tot een draak, die niemand wilde zien, maar als men Shakespeare heette was *Hamlet* het resultaat. Dat het in de kunst altijd ging om het *hoe*, nooit om het *wat*. Dat in de kunst de vorm de eigenlijke inhoud was. Dat zijn eigen boek inderdaad een variatie was op het thema Tristan en Isolde, maar dat dat ook had kunnen resulteren in een zoetsappige kasteelroman.

'Wat niet het geval is,' zei Sabine, 'in tegendeel. Het is het meeslepende relaas van twee mensen die niet voor elkaar bestemd zijn, maar die door een fataal misverstand – dat ik niet zal verraden – een gepassioneerde liefde voor elkaar opvatten. Zij plegen bedrog, worden steeds weer uit elkaar gedreven, maar vinden elkaar dan toch weer, tot zij als gevolg van ook weer leugen en bedrog ten slotte hun aangrijpende liefdesdood sterven.'

'Kijk eens aan,' zei Herter met een lachje, 'nu hebt *u* de toeschouwers een denkbeeld gegeven van mijn boek.' Zijn duits was wat ouderwets, van voor de Eerste Wereldoorlog, maar vrijwel accentloos.

'U heeft natuurlijk gelijk, dit zegt op zichzelf niets. Waar het om gaat is de fantastische fantasie, waarmee het geschreven is. Mag ik dat zo zeggen?'

'U mag alles zeggen. Fantastische fantasie... eerlijk gezegd heb ik altijd een beetje moeite met de term "fantasie". Er kleeft iets actiefs aan, alsof het zoiets is als een waterskiër achter een knetterende speedboot, terwijl je eerder moet denken aan een surfer, die passief en in stilte op de branding rijdt en zich laat leiden door de golven.'

'Hoe moet ik het dan noemen? Verbeeldingskracht?'

'Laten we het maar fantasie blijven noemen.'

'Daarover wil ik graag wat verder met u praten. Heeft de scheppende fantasie de aard van dromen?'

'Ook dat, maar niet alleen. Zij heeft ook de aard van begrip. Daarmee lijk ik in het voetspoor te treden van uw eerbiedwaardige stadgenoot Sigmund Freud, maar dat is niet zo. Voor hem zijn dromen, dagdromen, mythen, romans en alles wat daarmee verwant is objecten waar het begrip zich op richt, maar ik bedoel dat zij *zelf* het begrip zijn.'

'Ik ben bang dat ik u niet helemaal kan volgen.'

'Ik heb er zelf ook moeite mee, maar ik doe mijn best. Ik bedoel dat een kunstzinnige fantasie van een of andere soort niet zo zeer iets is, dat begrepen moet worden, maar eerder iets *waarmee* je begrijpt. Zij is een werktuig. Ik probeer de zaak om te draaien. Iets omdraaien is altijd vruchtbaar. Laat ik een voorbeeld geven...'

'Graag.'

Met half gesloten ogen knikte Herter even en zei:

'Neem een realistisch geschilderd theaterdecor, zoals je die tegenwoordig nog een enkele keer in de opera ziet. Bij voorbeeld de zee, een vissersdorp, de duinen. Dat is dan op het toneel voortgezet met allerlei reële dingen, zoals zand, drogende vissersnetten, roestige emmers. En wat zie je? Dat het geschilderde de werkelijkheid lijkt, maar dat al die werkelijke dingen in het kunstlicht en de stilstaande lucht van het theater een irreële, kunstzinnige status hebben gekregen. Is het duidelijk wat ik bedoel?'

'Om u de waarheid te zeggen...'

'Goed. Laat ik het anders aanpakken.' Herter dacht even na, terwijl hij het gevoel kreeg iets op het spoor te zijn. 'Neem iemand die werkelijk bestaat, maar die je niet helemaal begrijpt, of helemaal niet begrijpt.'

'Rudolf Herter,' zei Sabine met een scherp glimlachje.

'Dat zou dan de taak van iemand anders zijn,' zei Herter, ook met een glimlach, 'van u bij voorbeeld. Nee, ik bedoel niet iemand van wie je niet begrijpt wat hij zegt, maar van wie je niet begrijpt wie of wat hij *is*. Of zij natuurlijk. Stel, ik ken een vrouw die een raadsel voor mij is...'

'Kent u zo'n vrouw?' viel Sabine hem in de rede.

'Ja,' zei Herter en dacht aan de moeder van zijn dochters. Als een opkomend onweer begon het idee vorm aan te nemen in zijn hoofd. 'Als ik gelijk heb met mijn opvatting van de fantasie, dan moet het mogelijk zijn haar beter te begrijpen door haar in een totaal gefingeerde, extreme situatie te plaatsen en te zien hoe zij zich vervolgens gedraagt. Bij wijze van gedachten-experiment – of nee: fantasieën-experiment.'

'En dan ben ik blij dat ik die vrouw niet ben,' zei Sabine met iets van afschuw in haar stem. 'Ik weet niet... experimenteren met mensen... ik vind het griezelig klinken.'

Herter hief zijn armen op. Zij beschouwde hem nu kennelijk als een soort literaire dr. Mengele, maar hij hoedde zich die naam uit te spreken.

'U heeft gelijk! Misschien is het niet ongevaarlijk, zoiets uit te halen met een levende die je dierbaar is. Misschien mag je het alleen doen met een onbegrijpelijke dode, die je haat.'

'En zo iemand kent u ook?'

'Hitler,' zei Herter onmiddellijk. 'Hitler natuurlijk. Dat wil zeggen, ik ken hem nu juist *niet*. Ook weer een stadgenoot van u, overigens.'

'Aan wie wij niet graag herinnerd worden,' vulde Sabine aan.

'Het zal toch nog eeuwenlang gebeuren. Er zijn intussen honderdduizend studies aan hem gewijd, als het niet meer is: politieke, historische, economische, psychologische, psychiatrische, sociologische, theologische, occulte en weet ik wat allemaal nog meer, van alle kanten is hij omsingeld en onderzocht, er is een rij boeken over hem verschenen van hier tot de Stephansdom, meer dan over wie dan ook, maar wij zijn er geen steek mee opgeschoten. Ik heb het niet allemaal gelezen, want daar is een mensenleven te kort voor, maar als iemand hem bevredigend had verklaard zou ik het weten. Hij is het enigma gebleven dat hij van meet af aan voor iedereen was, – of nee, hij is er alleen maar onbegrijpelijker van geworden. Al die zogenaamde verklaringen hebben hem alleen maar onzichtbaarder gemaakt, waar hij zelf heel tevreden over zou zijn geweest. Volgens mij zit hij in de hel en lacht zich dood. Het wordt tijd, dat daar verandering in komt. Misschien is fictie het net waarin hij gevangen kan worden.'

'Een historische roman dus eigenlijk.'

'Nee, nee, dat is een braaf genre dat de historische feiten als uitgangspunt neemt, om die vervolgens min of meer plausibel vlees en bloed te geven. Uw stadgenoot Stefan Zweig was daar een meester in. Soms neemt het felle vormen aan, zoals in al die boeken en films die de moord op president Kennedy reconstrueren, maar dat gaat over het begrip van een gebeurtenis, niet over dat van een mens. Een rabiate moralist als Rolf Hochhuth gaat ook uit van een gegeven uit de sociale werkelijkheid, zoals in *Der Stellvertreter*, een stuk over de fatale rol van de paus in de holocaust, om daar vervolgens zijn fantasie op los te laten; maar ik denk eerder aan het omgekeerde. Ik wil vanuit een of ander verzonnen, hoogstonwaarschijnlijk, hoogfantastisch maar niet onmogelijk feit uit de mentale werkelijkheid naar de sociale werkelijkheid. Dat is denk ik de weg van de ware kunst: niet van beneden naar boven, maar van boven naar beneden.'

'Is dat niet ook al talloze keren gedaan met Hitler?'

'Zonder twijfel. Maar nog niet door mij.'

'Wel, nieuwsgierig wachten wij uw verhaal af, u zult zich wel weten te redden.'

'Als de goden mij welgezind zijn, ja.'

'Gelooft u aan God?'

'God is ook een verhaal, maar ik ben polytheïst, een heiden, ik geloof niet aan één verhaal, ik geloof aan veel verhalen. Niet alleen aan hebreeuwse, ook aan egyptische en griekse. Zelf heb ik ook – als ik zo vrij mag zijn – meer dan één verhaal geschreven.'

'En bent u op het ogenblik weer aan een nieuw verhaal bezig?'

'Altijd.'

'Hoe ver bent u?'

'Ongeveer op een tiende, schat ik. Precies weet je het nooit van te voren, en dat is maar goed ook. Als ik had geweten dat *De Uitvinding van de Liefde* bijna duizend pagina's lang zou worden, was ik er nooit aan begonnen.'

'Kunt u ons al iets verraden over uw nieuwe verhaal?'

'Ja, maar dat doe ik niet.'

'Meneer Herter, ik wens u voor morgen veel succes en ik dank u voor de blik die u ons achter de schermen hebt gegund.'

'In tegendeel, ik dank *u*. U hebt mij op een idee gebracht.'

3

'Wat ben je stil vanavond,' zei Maria, toen zij na het diner, de koffie en de sachertaart in de lift stonden. 'Is er iets?'

'Ja, er is iets.'

Donker keek hij haar aan, en hij zag dat zij begreep dat het iets met zijn werk had te maken, waarop zij niet verder vroeg. Zij hadden elk een fles wijn gedronken, te veel dus eigenlijk, maar te veel wijn in Wenen is iets anders dan te veel wijn in Amsterdam. Onafgebroken was hij in zijn literaire laboratorium op zoek naar een gefantaseerde proefopstelling, waarin hij Hitler kon plaatsen om door te dringen tot zijn structuur, en het verontrustte hem dat hij niet meteen wist hoe hij het moest aanpakken. Hij haalde zijn vulpotlood uit zijn zak en nam de welkomstkaart van de directeur op schoot. Onder het logo van het hotel dat in het dikke papier was geperst, een S in een lauwerkrans met een kroontje, schreef hij met blokletters:

HITLER

Peinzend staarde hij naar dat woord, maar zonder het te lezen, – hij keek naar de zes letters als naar een tekening, een icoon: de strenge compositie van horizontalen en verticalen, met de sierlijke afsluiting aan het eind. Na een minuut schreef hij er onder:

HELRIT

RELHIT

Hij keek op zijn horloge, zette in de zitkamer de televisie aan en zocht de zender op.
'Over vijf minuten ga ik je op het scherm vertellen wat er is.'
Naast elkaar op de bank keken zij naar het slot van een reportage over een expositie van Dürer: aquarellen van vogelvleugels in schitterende kleuren. Nauwlettend nam hij het in zich op; altijd wanneer hij ergens mee bezig was, werd alles wat hij zag en meemaakte er op getest of hij het kon gebruiken en inpassen. De grijze duivenvlerk schoot hem te binnen, waarmee hij ooit op tekenles de gumresten van het schetspapier veegde, – had Dürer zijn vleugels ook daarvoor gebruikt? Vleugels, vliegen, wegvliegen, vrijheid, Daedalus, Icarus... maar afgesneden, uitgerukt... Nee, de relatie van Dürer met Hitler was al gelegd door Thomas Mann in zijn *Doktor Faustus*, daar moest hij van af blijven.
Aftiteling, muziek: iets uit een pianosonate van Schubert. Even later keek hij naar zichzelf; maar hij daar op het scherm keek niet naar hem, maar naar iemand naast hem, naar de plek waar nu Maria zat.

'Welkom in Wenen, Rudolf Herter uit Amsterdam...'

Hij strekte zijn benen, legde zijn handen met verstrengelde vingers in zijn nek en luisterde naar zijn betoog over het *wat* en het *hoe* in de kunst. Hij had natuurlijk nog moeten zeggen dat in de muziek, de hoogste der kunsten, zelfs helemaal geen *wat* bestaat, alleen *hoe*. Toen hij zei dat de fantasie niet de aard had van een waterskiër maar van een surfer, herinnerde hij zich een oude waarneming die hij altijd al ergens wilde onderbrengen, maar die hij nog steeds niet kwijt had kunnen raken: dat de technische ontwikkeling de stilte van het strand na de oorlog had veranderd in onafgebroken kabaal van speedboten en draagbare radio's, maar dat met de verdere ontwikkeling van de techniek de vooroorlogse stilte was weergekeerd: nieuwe materialen maakten het windsurfen mogelijk, wat het einde betekende van het waterskiën, en walkmans verdrongen de radio's.

In duizenden oostenrijkse huizen was hij nu te zien, in al die kamers weerklonk zijn stem, ofschoon hij hier nu zwijgend op de bank zat. Het was normaal, niemand verbaasde zich er meer over, maar tegelijk was het een onmogelijk wonder. Die verbazing had hij gered uit zijn kindertijd; ook als hij aan zichzelf dacht, dacht hij niet aan een man van over de zeventig, maar aan een kind.

'Stel, ik ken een vrouw die een raadsel voor mij is...'
'Kent u zo'n vrouw?'

'Ja.'

'Daar bedoel ik Olga mee,' zei Herter.

'Is het werkelijk?' vroeg Maria met een ironisch lachje.

De fantasie als werktuig van het begrip. Zonder Sabine was hij niet op het idee gekomen.

'Hitler. Hitler natuurlijk.'

Toen het interview afgelopen was, schakelde hij het geluid uit en vroeg:

'Begrijp je het?'

'Ja. Maar alleen omdat ik je ken.'

'Zullen we dan nog maar een glas drinken op onze kennismaking?'

Aangezien de fles sekt nu in zinloos water stond, belde hij room service om een emmertje ijs.

'Ik begrijp ook iets *niet*,' zei Maria. 'Waarom juist Hitler? Je wilt hem in een extreme, gefantaseerde situatie plaatsen, maar hoe kun je een extremere situatie verzinnen dan die hij zelf heeft verzonnen en verwerkelijkt? Neem liever een gematigder iemand die je niet begrijpt. Zo iemand zal er toch nog wel zijn?'

'Dat zou hij willen. Dan heeft hij zich *weer* weten te onttrekken. Nee, juist Hitler, juist die allerextreemste man uit de wereldgeschiedenis.' Herter stak een pijp op en drukte even met zijn wijsvinger op het vuur. 'Maar je hebt natuurlijk gelijk, dat is precies het probleem. Dat is waarover ik aldoor loop na te denken. Tot nu toe kom ik niet verder dan één scène. We weten dat hij nooit een concentratiekamp, laat staan een vernietigingskamp heeft bezocht. Dat liet hij over aan Himmler, de baas van de SS en de politie. Laat ik aannemen, dat hij op een dag besloot in Auschwitz te gaan kijken naar de dagelijkse vergassing van duizenden mannen, vrouwen en kinderen, die hij had bevolen. Hoe had hij op die aanblik gereageerd? Maar daarvoor moet ik zijn karakter veranderen, want dat is nu juist wat hij nooit gedaan heeft, en dan had ik hem weer niet begrepen.'

'Was hij daar te laf voor?'

'Laf... laf... zo eenvoudig is het natuurlijk niet. In de Eerste Wereldoorlog is hij wegens dapperheid als ordonnans onderscheiden met het IJzeren Kruis eerste klas, – heel ongebruikelijk voor een korporaal, en dat is hij altijd blijven dragen. Het is hem overigens opgespeld door een joodse officier. Er was dus sprake van buitengewone dapperheid, maar voor zo ver ik weet heeft hij dat nooit onthuld. Ik vermoed dat hij wilde dat er op grote schaal werd gestorven door zijn toedoen, niet alleen in zijn concentratiekampen, ook aan de fronten, in de bezette gebieden en in Duitsland zelf, elke dag tienduizenden, bloed, bloed moest er vloeien, – maar in zijn afwezigheid. Hij heeft ook nooit een gebombardeerde duitse stad bezocht, zoals zijn sinistere paladijn Goebbels ten minste nog deed. Als zijn trein door de ruïnes van een stad reed, moesten de gordijnen gesloten worden. Ik denk dat hij het oog van de cycloon wilde zijn. Rondom wordt alles verwoest door orkanen, maar in het oog is het schitterend weer met een blauwe hemel. Zijn villa Berghof in de Alpen was daar het symbool van. Daar broedde hij al die verschrikkingen uit, maar niets er van drong door tot die idylle.'

'Maar waarom wilde hij dat er op grote schaal gestorven werd om hem heen?'

'Misschien dacht hij daarmee zijn eigen dood te bezweren. Zo lang hij kon doden, leefde hij. Misschien was zijn eigen dood het enige, waar hij echt bang voor was. Misschien dacht hij, dat die reusachtige offers hemzelf onsterfelijk zouden maken. En in zekere zin is dat ook gebeurd.'

'Ben je dan niet eigenlijk al waar je wezen wilt? Dat heb je toch allemaal begrepen door middel van je fantasie.'

Herter legde zijn pijp in de asbak en knikte.

'Daar zit iets in. Uit het ongerijmde. Goed, laat me nadenken. Ik heb dus al een stap gedaan, het idee is vruchtbaar. Maar nu wil ik ook nog iets vinden dat niet in strijd is met zijn aard, iets dat inderdaad gebeurd had kunnen zijn, maar dat niet is gebeurd, voor zo ver wij weten.'

'Dat lukt je wel.'

'Als het iemand lukt, dan ben ik het,' knikte Herter. Terwijl er een lach op zijn gezicht verscheen, keek hij haar aan. 'Misschien ben ik daarom wel op de wereld.'

Maria haalde haar wenkbrauwen op.

'Wil dat soms zeggen, dat hij jou ook in dienst heeft?'

Herter versomberde, kruiste zijn armen en keek zonder iets te zien naar de geluidloze beelden op het televisiescherm. Dit was precies de opmerking die hij niet had willen horen, ook Sabine had begrepen dat zijn experiment morbide was; maar hij voelde dat hij zich al te veel in het onderwerp had vastgebeten om het nog los te kunnen laten. Als hij zijn tanden er op stuk zou bijten, dan moest dat maar; hij kon altijd nog een kunstgebit nemen.

Een meisje met een schort zo wit als de oostenrijkse onschuld verscheen met het ijs. Rinkelend liet zij het in de koeler verdwijnen en ontkurkte de fles, waarna zij in de slaapkamer het bed in orde bracht voor de nacht. Zo lang zij in hun appartement was spraken zij niet, alsof er zaken van het diepste geheim aan de orde waren, die zelfs niet gehoord mochten worden door iemand die hun taal niet verstond.

'Eigenlijk,' zei Maria, toen de koperen deurklink zacht omhoog was gegaan, 'heb je alles wat je bezit te danken aan je fantasie, aan iets dat niet bestaat in de echte wereld.'

'Behalve jou en Olga dan toch. Hoewel... misschien ook jullie. Alleen mijn kinderen niet.'

'Kom op,' zei Maria, 'niet zo benauwd. Die ook.'

'Zo is het,' lachte Herter, terwijl hij de fles een paar keer ronddraaide in de koeler, 'geen gezeur. Mijzelf ook.'

'En waar komt dat vandaan? Voor jou is het heel gewoon, maar de meeste mensen hebben geen greintje fantasie.'

Herter haalde zijn schouders op.

'Erfelijke belasting. Net als iedereen ben ik allereerst een natuurverschijnsel. In mijn geval heeft er misschien ook mee te maken, dat ik geen broers of zusters had. Ik was veel alleen en mijn ouders waren immigranten met weinig sociale contacten, al helemaal niet met nederlanders. Bij ons thuis was alles anders dan in nederlandse gezinnen. Bij mijn vriendjes werd altijd gezegd "Eet je bord leeg", terwijl mijn moeder mij had geleerd dat ik altijd iets moest laten liggen, een aardappel bij voorbeeld, want anders zou ik de indruk maken dat ik honger had gehad, en dat was niet chic. Ik hoorde er niet echt bij, dus schiep ik mijn eigen wereld. Gescheiden ouders – dat wil misschien ook helpen. Een combinatie van dat alles. Ik heb er in elk geval nooit onder geleden. Ik wilde ook nergens bij horen. Anderen wilden altijd bij *mij* horen, ook later.'

Er was een onwelwillende klank in zijn stem, die Maria niet ontging. Terwijl zij luisterde had zij naar de televisie gekeken; nu nam zij de afstandsbediening van tafel en schakelde het geluid in. Een beetje geërgerd omdat zij het gesprek op deze manier onderbrak, keek ook Herter naar de natuurfilm. Onder een dreigende afrikaanse lucht werd een kudde buffels aangevallen door jakhalzen; de commentaarstem zei dat zij het hadden voorzien op een kalfje, dat zij nu eerst van de moeder isoleerden. Toen het kalfje angstig naar zijn moeder zocht en even later werd besprongen en verscheurd, zei Herter met vertrokken gezicht:

'Hoeft het niet, Maria?'

Omdat zij niet onmiddellijk reageerde, nam hij de afstandsbediening van haar schoot en zette de televisie uit.

Met grote ogen keek zij hem aan.

'Wat moet dit betekenen?'

'Ik wil dat niet zien.'

'Maar ik wel. Doe niet zo idioot, dat is de natuur. Geef hier dat ding.'

Herter stopte de afstandsbediening in zijn binnenzak.

'Ik hoef het niet te zien om te weten, dat de natuur een grandioze mislukking is.' Hij wees naar het grijze scherm. 'Die cameraman daar had maar één ding moeten doen: zijn camera op de grond leggen en dat kalfje redden. Maar nee, prachtig, prachtig, prachtig, dacht hij.'

'Ik ga naar bed,' zei Maria en stond op. 'Hier heb ik geen zin in.'

Herter sloot zijn ogen en zuchtte. Zelfs zij begreep uiteindelijk niet, wie hij was, – maar dat besef belastte hem niet, eerder gaf het hem een gevoel van bevestiging. Tot zijn tevredenheid zette zij het televisietoestel in de slaapkamer niet aan; omdat zij de deur had opengelaten kon hij zien hoe zij zich uitkleedde, waarbij zij vermeed naar hem te kijken, ofschoon zij natuurlijk wist dat hij naar haar keek. Terug uit de badkamer ging zij onder het massale dekbed liggen, waardoor zij onzichtbaar werd voor hem, en begon te lezen in een boek over de problemen van hoogbegaafde kinderen, dat zij had meegenomen uit Amsterdam.

Herter legde de afstandsbediening op tafel, schonk twee glazen in en kwam bij haar op de rand van het bed zitten. Terwijl zij aanstootten, keken zij elkaar een paar seconden zwijgend aan, waarbij Herter zijn vrije hand op haar heup liet rusten. Maria zette haar glas op het nachtkastje, legde haar hand op de zijne en zei:

'Dat vergat ik je nog te vertellen. Gisteren vroeg Marnix ineens, wie Hitler was. Daar had hij iets over opgevangen. Ik vertelde hem een paar dingen, en toen zei hij: "Hitler zit in de hel. Maar omdat hij zelf van stoute dingen houdt, is het voor hem de hemel. In de hemel zitten alle joodse mensen, dus dat is voor hem de hel. Voor straf zou hij dus eigenlijk in de hemel moeten zitten." Hoe vind je dat? Zeven jaar. Daar kun je nog iets van leren.'

4

Steunend en klagend dat hij geen schrijver was geworden om onsterfelijke meesterwerken te scheppen, maar uitsluitend om te kunnen uitslapen, kwam Herter de volgende ochtend om acht uur uit bed. Over een uur had hij zijn eerste interview, de sektfles stond omgekeerd in de koeler, geflankeerd door nog een halve fles uit de minibar; de feestelijkheden hadden tot diep in de nacht geduurd, langer dan vijf uur was het licht niet uit geweest. Hij vervloekte de zwangere tweede man, die al die afspraken had gemaakt, maar na de douche en het ontbijt, dat zij boven lieten komen, ging het beter. Toen de eerste journalist aanklopte, vertrok Maria naar het Kunsthistorische Museum.

De journalist van negen uur, de journalist van tien uur en de journaliste van elf uur, elk in gezelschap van een fotograaf, allemaal hadden zij hem gisteravond op de televisie gezien. Hun eerste vragen hadden steeds betrekking op *De Uitvinding van de Liefde*, dat zij ook werkelijk gelezen bleken te hebben, en hij deed zijn best om niet elke keer hetzelfde te zeggen. Het was onvermijdelijk om vaak hetzelfde te zeggen, maar het moest niet op dezelfde plek en op hetzelfde moment gebeuren; niemand las alles, en als er voldoende afstand in ruimte en tijd bestond kon het geen kwaad. Alleen hijzelf wist, dat hij dit of dat ooit ook al eens spontaan in Amsterdam, Parijs of Londen had beweerd. Maar alle drie kwamen zij vervolgens te spreken over zijn inval van gisteravond, om Hitler te plaatsen in een gefantaseerde situatie, ten einde hem te begrijpen. Dat beviel hem niet helemaal, want hij wist dat veel van zijn collega's dieven en zakkenrollers waren, die klaarstonden om hem te bestelen. Om hen te ontmoedigen, besloot hij daarom zijn idee te relativeren met Maria's argument: dat niemand een extremere situatie kon verzinnen dan die welke Hitler zelf had verwerkelijkt.

Om half twaalf maakte hij een eind aan het laatste interview, hij had er genoeg van, hij wilde naar buiten. Op de stoep van het hotel ademde hij diep de koude lucht in; het was winderig, met opgezette kraag en wapperende haren wandelde hij door de chique winkelstraat naar de Stephansdom. Ook nu liet Hitler hem niet los. Bijna honderd jaar geleden had ook hij hier gelopen, op weg naar de Opera om in de rij te gaan staan voor een parterrestaanplaats voor de *Götterdämmerung*, een armoedzaaier in versleten kleren, verscheurd door woeste gedachten; misschien had hij zijn fanatieke ogen even geboord in die van een passerende, elegante officier van ongeveer zijn eigen leeftijd, de bewerkte siersabel opzij, de monocle in zijn oog, Schopenhauers *Aphorismen zur Lebensweisheit* in zijn binnenzak, die op weg was naar een galante afspraak bij Sacher: Herters vader. Bij de dom sloeg hij linksaf en kwam op de Graben. De grote ruimte, die het midden hield tussen een plein en een straat, werd gedomineerd door de tientallen meters hoge pestzuil, in de zeventiende eeuw opgericht om God te danken voor de bevrijding van de pest, – die dus, overwoog Herter, door de Duivel was gestuurd. Hij bleef staan en liet zijn ogen dwalen over het barokke kunstwerk, dat als een bronzen cipres naar de hemel kronkelde. Wie werkelijk een definitief einde had gemaakt aan de pest was natuurlijk niet God maar Alexander Fleming, de ontdekker van de penicilline: hij verdiende dus eigenlijk een monument zo groot als de Sint-Pieterskerk in Rome. Terwijl hij verder liep, dacht hij aan Albert Camus' roman *La peste*, waarin de pest stond voor de Zwarte Dood van het nationaal-socialisme. De epidemie van de zeventiende eeuw kostte dertigduizend weners het leven, maar tweehonderdduizend van hen stierven aan de zesjarige Hitlerpest en haar gevolgen. Waar was de Fleming, die tegen *die* besmettelijke ziekte een antibioticum ontwikkelde? En waar was het dankbare monument voor de geallieerde geneesheren van 1945?

'Germanski niks Kultur,' mompelde hij.

Nu en dan herkend van de televisie ging hij via een reeks smalle straten terug naar het hotel, – de auto van de ambassade zou over tien minuten komen om hen af te halen voor de lunch. Terwijl hij aan de balie Maria belde, om te melden dat hij beneden wachtte, zag hij een vermaarde dirigent uit de lift komen, Constant Ernst, die nog maar zelden in Nederland optrad en die hij alleen van gezicht kende. De musicus ging in een fauteuil zitten, legde een krant op zijn knie en begon op echt hollandse manier een sigaret te rollen, zonder te kijken naar wat hij deed. Even later begroetten zij elkaar met een beleefde hoofdknik.

Tegelijk met Maria verscheen de besnorde chauffeur in de lobby en keek vragend rond. Toen ook Ernst een gebaar maakte en opstond, was de situatie duidelijk. Met een lach gingen zij naar elkaar toe en reikten elkaar de hand.

'Namen noemen is misschien overbodig,' zei Ernst. 'Wij zijn de laatste twee nederlanders, die elkaar nog niet persoonlijk kenden.'

Ernst had een open glimlach en twee nieuwsgierige ogen achter een stalen bril. Hij was tien jaar jonger dan Herter, mager en met superieure slordigheid gekleed; ondanks zijn snor en zijn warrige grijze haar, dat over zijn voorhoofd hing, maakte hij een jongensachtige indruk. In de auto, naast de chauffeur, vertelde hij dat hij momenteel met de Wiener Philharmoniker een opvoering van *Tristan und Isolde* instudeerde.

'Mooier kan het niet,' zei Herter en keek even naar Maria, waarbij hij licht zijn hoofd schudde. 'Ik houd vanavond een voordracht.' Ernst zei niets over *De Uitvinding van de Liefde*, en het was natuurlijk ondenkbaar dat hijzelf ooit iemand zou vragen of hij zijn boek had gelezen, maar ook Maria mocht dat niet doen.

De residentie lag in een statige buurt bij het Belvedere, grenzend aan de botanische tuin. De ambassadeur en zijn vrouw, de Schimmelpennincks, ontvingen hen staande in de voornaam gemeubileerde zitkamer, als een levend staatsieportret: hij een gezette heer in een donkerblauw pak met smalle krijtstrepen, zij een eenvoudig geklede dame met het soort glimlach, waaraan door generaties moeders en dochters was geschaafd. Aan hun voeten lag een vormeloze lobbes van een hond, die alle rassenwetten overtreden had. Toen zij zei, dat *De Uitvinding van de Liefde* een van de mooiste boeken was die zij ooit had gelezen, kreeg Herter de indruk dat zij het meende.

'Maar wij moeten u iets verschrikkelijks bekennen, meneer Herter,' zei zij, terwijl zij naar de hond wees. 'Kees heeft uw boek begraven. Hier in de tuin.'

Herter bukte zich en aaide Kees over zijn kop.

'Ik zag meteen dat jij een orthodoxe jood bent.'

'Hoe zegt u?'

'Vrome joden gooien oude religieuze boeken nooit weg, zij verkopen ze ook niet, zij begraven ze. Die weten hoe het hoort.'

Ernst excuseerde zich dat hij door zijn drukke leven nog steeds niet aan *De Uitvinding van de Liefde* toe gekomen was, waarop Schimmelpenninck hem hielp door te zeggen, dat zij al kaartjes hadden voor zijn première van volgende week. Wagner! Was hij, vroeg hij met een ironische twinkeling in zijn ogen, zijn dirigentencarrière niet begonnen met de moderne Weense School, met Schönberg en Webern en Alban Berg? Ernst lachte en zei, dat hij die nog steeds dirigeerde, maar dat dat modernisme misschien juist met Wagner was begonnen.

'Drink niet te veel,' fluisterde Maria, toen Herter een glas witte wijn nam van het dienblad dat hem werd voorgehouden door een aziatische dienster.

'Wie lang drinkt, leeft lang.'

Schimmelpenninck had Herter gisteravond op de televisie gezien en hij zei dat hij geïntrigeerd was door wat hij had gezegd over Hitler.

'Wat is dat dan?' informeerde Ernst.

'Meneer Herter gaat Adolf Hitler te lijf,' zei Schimmelpenninck met uitgestreken gezicht. 'Er zwaait wat voor de Führer.'

Toen hij vertelde waarover het ging, was dat voor zijn vrouw en Maria het sein om de zeventiende-eeuwse meesters te gaan bekijken, bruiklenen van het Rijksmuseum. Vrouwen zagen niets meer in Hitler, dacht Herter; dat was wel eens anders geweest.

Toen de ambassadeur was uitgesproken, zei Herter dat Hitler juist door zijn raadselachtigheid de dominerende figuur was van de twintigste eeuw. Stalin en Mao waren ook massamoordenaars, maar die waren niet raadselachtig; daarom was er ook veel en veel minder over hen geschreven. In de wereldgeschiedenis waren er tallozen geweest zoals zij, en zij waren er nog steeds en zouden er altijd zijn, maar zoals Hitler was alleen Hitler geweest. Misschien was hij wel de raadselachtigste mens aller tijden. Daarom ook had het nationaal-socialisme in feite weinig of niets te maken met het vergelijkenderwijs nogal onbeduidende fascisme van Mussolini of Franco. Het zou toch mooi zijn als bij het afstoten van de twintigste eeuw het laatste woord over hem gesproken kon worden, als een soort *Endlösung der Hitlerfrage*.

'Trouwens,' zei hij en keek Ernst aan, 'u moet het niet persoonlijk opvatten, maar een dirigent is misschien wel het zuiverste voorbeeld van een dictator.'

'Zegt u maar gerust een tyran,' zei Ernst goedgehumeurd, terwijl hij een sigaret rolde. 'Anders wordt het een chaos.'

'Het woord "dirigent",' vervolgde Herter, 'is trouwens vrijwel synoniem met het woord "Führer". Hij drilt het orkest, eist totale gehoorzaamheid, en zijn kenmerk is dat hij met zijn rug naar het publiek staat. Als laatste verschijnt hij in de zaal, laat zijn gezicht even zien, neemt het applaus in ontvangst, draait het publiek zijn rug toe en geeft zijn onafgebroken reeks bevelen. Tot slot laat hij zijn gezicht weer even zien, laat zich bejubelen en verdwijnt als eerste.'

'Komt mij vaag bekend voor,' zei Ernst en likte aan het sigarettenvloeitje.

'Maar Hitler heeft zijn gezicht nooit laten zien. Hij was een dirigent die ruggelings opkwam en zich ook na afloop van het concert niet omgedraaid heeft. Wat ik nu wil, is zoiets als een gefingeerde spiegel ophangen, waarin we zijn gezicht alsnog te zien krijgen. Ik weet alleen nog niet, hoe ik het moet aanpakken.'

'Bent u nooit bang, dat het niets wordt met een idee?' vroeg Schimmelpenninck voorzichtig, terwijl hij aan een oorlel trok.

'Het wordt vaak niets met een idee, maar bang ben ik er nooit voor. Dan komt er wel weer een ander idee.'

'U beschikt over een benijdenswaardig zelfvertrouwen.'

'Als je dat niet hebt, wordt het nooit wat in de kunst.'

Daarop vertelde Ernst, dat die gefingeerde spiegel hem deed denken aan misschien wel de merkwaardigste ervaring in zijn leven. Een jaar of vijftien geleden repeteerde hij in de Felsenreitschule in Salzburg een symfonie van Mozart. De musici hadden hun dag niet, herhaaldelijk moest hij tussenbeide komen en passages over laten doen. Maar opeens was het alsof zij collectief de geest kregen, opeens speelden zij zo schitterend dat hij zijn oren niet kon geloven, het was alsof niet hij hen maar zij hem leidden. Toen merkte hij aan hun ogen dat er achter hem iets aan de hand was, hij draaide zich om, – en wat zag hij? Op de drempel van de lege zaal stond Herbert von Karajan te luisteren.

'Met zo'n verhaal,' knikte Herter, 'is mijn dag goed.'

'En wie staat er bij *u* op de drempel, meneer Herter?' vroeg Schimmelpenninck met schuingehouden hoofd.

Verrast keek Herter hem aan.

'Wat een goede vraag!' Wie moest hij noemen? Goethe? Dostojevski? Hij had het vage gevoel, dat er nog een derde man was. 'Ik weet het niet zo gauw. Als ik een epigoon was, zou het antwoord makkelijk zijn.'

'Ik denk,' zei Ernst, 'dat u degene bent, die op de drempel van sommige andere schrijvers staat.'

'Daarmee neem ik ze dus een hoop werk uit handen.'

Zij hadden staande gesproken en wandelden nu naar de eetkamer. Herter zat aan de rechterhand van mevrouw Schimmelpenninck, Maria rechts van de ambassadeur. Op het servies en het zilveren bestek stond het nederlandse wapen.

'Wat een toeval is dit toch,' zei mevrouw Schimmelpenninck, terwijl zij zich liet bedienen. 'Meneer Herter schrijft een roman op het thema Tristan en Isolde, meneer Ernst dirigeert *Tristan und Isolde*, en nu zitten zij alle twee bij ons aan tafel.'

'Dat is helemaal geen toeval, schat,' zei Schimmelpenninck. 'In tegendeel. Meneer Herter is er weer eens in geslaagd, de werkelijkheid naar zijn hand te zetten.'

'Je maintiendrai,' zei Herter en wees naar de wapenspreuk op zijn bord.

De ambassadeur hief zijn glas.

'Daar drinken we op.'

Toen Ernst een prijzende opmerking maakte over het huis, vertelde Schimmelpenninck dat Richard

Strauss er had gewoond, en dat dat natuurlijk ook niet toevallig was. Herter keek om zich heen, alsof hij nog ergens zijn schim kon ontwaren. Hier had hij met Hugo von Hofmannsthal gezeten en diens libretto voor *Die Frau ohne Schatten* besproken; zelf had hij ook operalibretto's geschreven, hij kende dat soort gesprekken, zij leken op die van een echtpaar, met de componist in de rol van de vrouw.

'Strauss is ook niet denkbaar zonder Wagner,' merkte Ernst op.

Met de blik van een rechercheur keek Herter hem aan en vroeg:

'Wat is het geheim van Wagner?'

'Zijn chromatiek,' zei de dirigent zonder een seconde te aarzelen. Plotseling was hij in zijn element. 'Die wijst in zekere zin al vooruit naar Schönbergs dodecafonie. Zijn oneindige melodieën komen nooit tot oplossing in de grondtoon, zoals bij alle vroegere componisten, steeds scheren zij er net langs – dat is het bedwelmende van zijn muziek, dat smachtende, dat onvervulde verlangen, die uitgestelde bevrediging.'

'Een soort muzikale coïtus interruptus dus eigenlijk,' knikte Schimmelpenninck.

'Hou je in, Rutger,' zei zijn vrouw.

'Ik peins er niet over.'

'Uw man heeft volkomen gelijk, mevrouw. De uiteindelijke harmonische oplossing komt in *Tristan* pas aan het slot, met de verlossende dood, als er een zwarte vlag wappert op het toneel. Er bestaan eigenlijk maar drie opera's in de wereld. De eerste is *Orfeo* van Monteverdi, de tweede *Don Giovanni* van Mozart. Wagner was natuurlijk een misselijk individu, een antisemiet van de bovenste plank, maar met zijn *Tristan* heeft hij de derde geschreven.'

'Uiteindelijke harmonische oplossing...' herhaalde Herter langzaam, terwijl hij naar het rode vlees op zijn bord staarde. Omdat ooit zijn volledige maag was weggenomen, zou hij er nog geen kwart van kunnen eten. Hij keek op. '*Harmonische Endlösung* zou je misschien ook kunnen zeggen. *Die Geburt der Tragödie aus dem Geiste der Musik.*'

5

'Dat is de titel van een boek, dat Nietzsche als jongeman ter ere van Wagner heeft geschreven,' zei hij, terug in hun appartement, terwijl hij zijn jasje uitdeed. 'Hij bedoelde het anders dan ik, maar ik bedoel het nu zo.' Hij trok zijn das los en stokte. 'Ik weet niet, waar ik eigenlijk mee bezig ben. Misschien is het wel helemaal mis allemaal.'

'Je ziet een beetje bleek.'

'Ik voel mij net de twintigste eeuw. Ik denk dat ik even ga slapen. Misschien leer ik daar iets van.'

'Bel dan eerst Marnix even,' zei Maria, terwijl zij zijn jasje ophing, 'het is woensdag, hij is nu thuis. Gisteren vroeg hij ook al naar je.'

Op de rand van het bed belde hij het nummer van Olga, zijn vrouw. Toen hij haar stem hoorde, wist hij meteen dat zij vandaag een goede dag had: zij klonk als een heldere voorjaarsochtend, maar het had ook een mistige novembernamiddag kunnen zijn. Haar vriend, een cardioloog met wie zij samenwoonde, en die ook niets van haar begreep, had tegenover hem al eens geopperd dat de Universiteit van Amsterdam maar eens een leerstoel in de Olgakunde moest instellen. Terwijl hij zijn schoenen uittrok, vertelde hij Olga hoe het toeging in Wenen, wat zij geduldig aanhoorde, maar zonder overmatige belangstelling. Vervolgens kreeg hij zijn zoontje aan de lijn die meteen ter zake kwam:

'Papa, als ik doodga wil ik verbrand worden.'
'Zo? En waarom niet begraven?'
'Dan moet mijn as in die zandloper die in je werkkamer staat. Zo kan je, eeuwig door, ergens nog voor zijn.'

Herter zweeg geschokt.
'Papa?'
'Ja, ik ben er nog. Dat wordt dan dus een asloper.'
'Ja!' lachte Marnix.
'Maar je gaat nog lang niet dood. Jij leeft nog honderdtien jaar, jij maakt de tweeëntwintigste eeuw nog mee. Tegen die tijd kunnen de dokters daarvoor zorgen.'
'Die zijn nog niet eens geboren!'
'Zo is het. Die moeten nog even wachten.'

Zij praatten nog wat, maar Herter was er met zijn hoofd niet meer bij. Toen de verbinding was verbroken, vertelde hij Maria wat Marnix had gezegd over zijn as.

'Over erfelijke belasting gesproken...' zei zij en keek hem uit haar ooghoeken aan.

'Er is een chinees gezegde, dat luidt: grote mensen spreken over ideeën, middelgrote over gebeurtenissen, kleine over mensen. Het is duidelijk in welke categorie hij thuishoort.'

'Als hij daarmee maar niet in de problemen komt.'

Nadenkend keek Herter naar het tapijt tussen zijn voeten.

'In de literatuur gaat het om alle drie, maar meestal ontbreken de ideeën.'

Hij strekte zich uit op het bed, schakelde zijn hoortoestel uit en keek naar het plafond. Langzaam herhaalde hij Marnix' woorden:

'Zo kan je, eeuwig door, ergens nog voor zijn...'

'Wat zeg je?'

'Zo zei Marnix het. Zo kan je, eeuwig door, ergens nog voor zijn. Schrijf dat even op. Die zin kan ik misschien eens gebruiken.'

Terwijl zij deed wat hij gevraagd had, sloot hij zijn ogen. Misschien haalde Marnix de tweeëntwintigste eeuw, maar op een dag zou ook hij dood zijn, waarna de levenden eeuwig de tijd konden meten met zijn as. De asloper: het overeind gekomen symbool van het wiskundig oneindige. Eeuwig, oneindig... het was allemaal aan de lange kant, maar de hele wereld in ruimte en tijd was aan de lange kant. Over honderd jaar al zou de wereld niet terug te herkennen zijn, vermoedelijk nog minder dan de huidige herkend zou worden door mensen van honderd jaar geleden. En hoe zou het zijn over duizend jaar? Over tienduizend? Honderdduizend? Het was bijna onvoorstelbaar dat die tijd ooit zou komen, en toch zou hij komen. Keer de asloper maar weer om. Een miljoen jaar? Honderd miljoen? Tel maar door. Niets zo geduldig als getallen. Op een dag, over vier of vijf miljard jaar, zou de zon opzwellen tot een rode reus die ook de aarde zou opslokken, om dan langzaam te veranderen in een sintel. Daarna zouden er geen dagen meer zijn, – maar dat was van geen belang, want tegen die tijd zou de mens zich tot diep in het heelal genesteld hebben – althans datgene, wat zich uit hem ontwikkeld had. Nu, ongeveer op de helft van de levensduur van het zonnestelsel, zou je in één moment met de helderheid van het heden de afgronden van verleden en toekomst moeten kunnen overzien, maar hoe bereikte je dat moment?

Gedurende een seconde sloeg hij zijn ogen op, als om zich er van te vergewissen dat hij nog steeds hier was, nu, in Wenen, bij Sacher. In een kleine fauteuil bij het raam vijlde Maria haar nagels – als een foto bleef haar beeld op zijn netvlies hangen. *Maria, haar nagels vijlend; belichtingstijd 1 seconde.*

Hij dacht aan Constant Ernst, die zijn leven had gewijd aan de muziek. Ook voor hemzelf had de muziek meer betekend dan de literatuur, dat wil zeggen de literatuur van andere schrijvers, maar daar was een eind aan gekomen toen hij een essentieel deel van zijn gehoor had moeten offeren op het altaar van de revolutie. In 1967 was hij in gezelschap van tientallen andere europese kunstenaars en intellectuelen op Cuba, waarover hij een boek wilde schrijven. Voor de officiële herdenking van Fidel Castro's mislukte revolutiepoging op 26 juli 1953 werden zij de vijfentwintigste per vliegtuig naar Santiago vervoerd, in de hete provincie Oriente in het oosten van het eiland. Daar schrok hij de volgende ochtend bij zonsopgang wakker van oorverdovend kanongebulder. Even dacht hij dat de amerikaanse invasie was begonnen, maar het bleken saluutsalvo's, zesentwintig, gelost door een batterij luchtafweergeschut, opgesteld vlak naast het gebouw waarin zij ondergebracht waren. Nog urenlang suisden zijn oren, – en drie dagen later, in de nacht op zijn veertigste verjaardag, ontdekte hij plotseling dat hij magische krachten over de natuur had verworven. Als hij op zijn rechterzij lag, hoorde hij het onbedaarlijke concert van de myriaden krekels in de tropische nacht, maar als hij zich omdraaide zwegen zij op slag. Nadat twintig jaar later ook zijn linkeroor een trauma te verwerken had gekregen, van ontploffend vuurwerk, op een ijzige oudejaarsavond, was de finesse van zijn gehoor definitief verdwenen. Van toen af was luisteren naar muziek net zo min nog een genoegen als eten.

'Zo kan je, eeuwig door, ergens nog voor zijn...' zei hij zacht, zonder zijn ogen te openen.

Op Cuba was hij om te revalideren van de Ziekte van Eichmann. Diens proces had hij vijf jaar eerder bijgewoond in Jeruzalem, ook daarover had hij een boek geschreven. Wekenlang, dag in dag uit, had hij geluisterd naar de ondraaglijke verhalen van de joodse overlevenden uit de vernietigingskampen, terwijl de toneelmeester van die tragedie geleidelijk gek leek te worden in zijn glazen kooi. Zijn baas, SS-regisseur

Himmler, had toen al jaren geleden zelfmoord gepleegd, net als eerder de auteur van die chromatische genocide, die bevlogen maestro in de kunst van het massamoorden, die hij nu weer – en hopelijk voor het laatst – tegengekomen was. Voor hem, Herter zelf, was het stompzinnige eind van het lied dat hij niet alleen niet meer echt genieten kon van *Tristan und Isolde* of de *Götterdämmerung,* maar ook niet meer van *Die Kunst der Fuge...* Hitler... van zijn wieg tot zijn afwezige graf was de blijdschap die hij had verspreid steeds toegenomen. Eerst, bij zijn geboorte, waren alleen zijn ouders blij; later maakte hij het hele duitse volk blij, vervolgens ook het oostenrijkse; en toen hij stierf was de hele mensheid blij... Hij moest dit opschrijven, of laten opschrijven, straks was hij het misschien vergeten, maar de loomheid had al te veel bezit van hem genomen. Hij begon te rekenen en kwam tot de ontdekking, dat Hitler nu vrijwel even veel jaren dood was als hij geleefd had... Na de verdwijning van het nazi-systeem waren Duitsland en Oostenrijk veranderd in fatsoenlijk geordende staten, terwijl in Rusland na de verdwijning van het sovjetsysteem een surrealistische anarchie was uitgebroken. Om de hoek, op de Balkan, was het moorden onlangs weer in volle gang, zij het op een ouderwetse, pre-industriële manier, waar Hitler zijn schouders over opgehaald zou hebben; maar binnen een paar jaar zou die conventionele slachtpartij vergeten zijn. Wat was verder weg: het bloedige handwerk in Joegoslavië of de massale mensenvernietigingen in Auschwitz? Op de Balkan was je vanuit Wenen binnen drie kwartier, maar de vijfenvijftig jaar naar de Tweede Wereldoorlog waren nooit meer te overbruggen. Toch was die oorlog dichterbij voor hem, vlak om de hoek van de tijd... Langzamerhand behoorde hij tot de laatste generatie, die er nog heldere herinneringen aan had, – onbeduidende, vergeleken met de verschrikkingen die veel anderen hadden doorstaan, maar toch doordrongen van de onzichtbare, giftige gassen, die sinds de nationaalsocialistische vulkaanuitbarsting tot in alle uithoeken over Europa hingen. Op een avond, iets na spertijd, ziet hij zich door een donkere straat naar huis lopen, op zijn tenen, dicht tegen de huizen om niet gezien te worden; de straatverlichting is uitgeschakeld en ook alle ramen zijn verduisterd. Er is geen enkel geluid te horen in de stad. Dan ziet hij op een kruispunt in de verte, in het licht van de sterren, twee landwachters met helmen en karabijnen, hollanders in duitse dienst, die langzaam heen en weer lopen en een praatje maken. Hij duikt een portiek in en blijft staan, met open mond zo onhoorbaar mogelijk ademend, zijn hart bonkend van angst... Dat was de oorlog. Zo ging je in de oorlog 's avonds naar huis. Een microscopisch facet van wat er diezelfde avond overal aan de gang was, in de concentratiekampen, in de Gestapokelders, in de gebombardeerde steden, aan de fronten, op zee, in de lucht, – maar ook die kleine angst, die duisternis en die stilte van dat moment waren deel van de onafzienbare stroom lava van vernietiging, die uit de krater Hitler gulpte en die het continent overspoelde, en het was niet uit te leggen aan de later geborenen... In alles was dat creatuur mislukt, eerst als kunstenaar in Wenen, vervolgens als politicus in Berlijn; hij wilde het bolsjewisme uitroeien, maar hij heeft het tot in het hart van Duitsland gelokt, hij wilde de joden uitroeien, maar hij heeft de staat Israel geïnitieerd. Maar wel was hij er in geslaagd vijfenvijftig miljoen mensen mee te sleuren in zijn dood – en misschien was precies dat zijn eigenlijke bedoeling geweest. Als hij een middel had bezeten om de hele aarde op te blazen, dan had hij dat gebruikt. De dood was de grondtoon van zijn wezen. Hoe kon hij onderzoeken of er misschien toch nog een laatste greintje levensliefde school in die sterveling? Iets met zijn lievelingshond misschien? Of met Eva Braun, met wie hij op de valreep immers nog was getrouwd? Waarom? Hoe kon hij een laboratoriumopstelling construeren om hem onder hoge druk te zetten, zodat hij *en face* zijn volledige gezicht moest tonen?... Een spiegel, had hij tegen Ernst gezegd. Een spiegelmachine... Zijn ademhaling gaat langzamer. Aan de rand van een grote vijver zit hij naast Olga, zij laat hem foto's zien, maar hij is verblind door het felle zonlicht op het water... plotseling wordt hij met geweld ontvoerd door een man en een jongen... als hij de kamer ziet waarin zij hem opsluiten, roept hij: 'Ja, hier wil ik wonen!'... dat brengt hen in verlegenheid, maar zij kunnen niet terug, waarmee zij *zijn* gevangenen zijn geworden...

6

'Heb je je een beetje voorbereid?' vroeg Maria in de lift.
 'Natuurlijk. Je zag toch dat ik sliep.'
 'Heb je je boek bij je?'
 'Dat hebben ze daar wel.'
Om zes uur had hij in het café van Sacher een voorbespreking met de voorzitster van het organiserende, oostenrijkse literatuurgenootschap, mevrouw Klinger, en met een criticus, een zeer ernstige jongeman, die zich voorstelde als 'Marte'. Hij had kortgeknipt haar, een zilveren ringetje in zijn linker oorlel en over zijn schouder droeg hij een soort weitas met paperassen. Toen Herter ook een exemplaar van *Die Erfindung der Liebe* zag, vroeg hij of hij dat straks mocht gebruiken. Veel te bespreken was er niet, het zou gaan zoals het altijd ging: na de inleidingen zou hij iets vertellen over zijn roman, gedurende drie kwartier er uit voorlezen, waarna het publiek onder leiding van Marte vragen kon stellen. Herter verzocht hem of hij de vragen dan steeds even wilde herhalen, want hij was een beetje schietdoof, zoals dat heette in militaire kringen. Wilde hij staan of zitten? Liever zitten. Wat wilde hij drinken? Water graag, zonder gas. Er zou ook een boekenstand zijn – was hij bereid te signeren?

Natuurlijk was hij bereid te signeren. Schrijven was zijn lust en zijn leven, zei hij. Na afloop was er een *Vin d'Honneur* met hapjes.

Na een half uur verscheen een jongensachtige man van in de veertig, die er met zijn rode haar en bleke huid uitzag als een ier, maar in smeltend weens stelde hij zich voor als de directeur van Sacher. Het was hem een eer Herr Doktor Herter de hand te schudden, en hij vroeg of hij zo vrij mocht zijn hen naar de Nationalbibliothek te brengen; het was tien minuten lopen hier vandaan, op de Josefsplatz, maar het was slecht weer en hij zou graag ook zelf de lezing bijwonen.

Voor de deur stond de Rolls-Royce van het hotel, gespoten in dezelfde bruine kleur als de beroemde taart. Omdat hij geen zin had in praten, ging Herter naast de chauffeur zitten. Uitgezonderd een groep verstokte Herterhaters in zijn eigen land, werd iedereen steeds aardiger voor hem naar mate hij ouder werd; maar in het besef dat niemand eigenlijk wist wie hij werkelijk was, zat hij liefst thuis in zijn werkkamer, alleen, zonder afspraken, zonder telefoon, de dag in maagdelijke ongereptheid voor zich uitgestrekt. Al toen hij nog elke ochtend naar school moest, ervoer hij dat als iets dat hem afhield van zijn eigenlijke bezigheden, maar de leraren maakten uit zijn slechte cijfers op, dat hij lui was en dom en dat er niets van hem terecht zou komen. Gelukkig hadden zij nog een aantal jaren kunnen constateren, dat hij het tegendeel was van lui, en bovendien wie van hen werkelijk dom was: hij of zij. Van al die goede leerlingen, die zij hem hoofdschuddend ten voorbeeld hadden gesteld, had niemand ooit meer iets gehoord.

De Nationalbibliothek maakte deel uit van de Hofburg, het grote keizerlijke en koninklijke complex paleizen en regeringsgebouwen, van waaruit eeuwenlang een wereldrijk werd bestuurd, maar dat nu was veranderd in het waterhoofd van een dwerg. Bij de ingang van de bibliotheek, onder de paraplu die de chauffeur boven zijn hoofd hield, werd hij welkom geheten door de directeur, Herr Doktor Lichtwitz, die hem over marmeren trappen naar de kolossale, barokke *Prunksaal* bracht, de officieelste plek van Oostenrijk. Ook Schimmelpenninck was er weer, de krijtstrepen op zijn donkerblauwe pak waren op een wonderbaarlijke manier verdwenen. Onder de weelderig beschilderde koepel zaten al een paar honderd mensen; maar omdat uit een zijdeur nog steeds stoelen werden aangesjouwd, en er ook een tafel geplaatst moest worden naast de katheder, wachtten zij tot iedereen een plek had gevonden.

Bij zijn binnenkomst was er applaus, en zoals altijd kostte het hem moeite naar de honderden gezichten te kijken die zijn kant op waren gedraaid, juist omdat hij geen enkel gezicht afzonderlijk in zich op kon nemen, terwijl hij wist dat iedereen hier een paar uur van zijn leven had besteed aan zijn boeken. Het bracht hem in verlegenheid, – en misschien was juist dat het, overwoog hij, terwijl hij zich naar zijn gereserveerde stoel in het midden van de voorste rij liet leiden, wat hem onderscheidde van Hitler, die precies ten overstaan van zo'n massale anonimiteit in zijn element was: het element van zijn eigen individualiteit, die als enige telde tegenover al die honderden, duizenden, miljoenen, die hij bereid was de dood in te jagen. Herter besefte dat hij alweer aan het werk was, maar niet met datgene waarvoor hij hier was uitgenodigd. Liefst zou hij de zaal nu verlaten om in het hotel aantekeningen te maken.

Na het openingswoord van Schimmelpenninck, die hem prees als de culturele ambassadeur van Nederland, vergeleek Lichtwitz hem met Hugo de Groot – 'Grotius' zei hij. Verrast keek Herter op. Hij was al vergeleken met Homerus, Dante, Milton en Goethe, maar Hugo de Groot was nieuw. Om het te relativeren bracht hij even een aristocratische militaire groet, met licht gebogen hand, zoals zijn vader op foto's uit de Eerste Wereldoorlog. Hij wist dat dat gebaar riskant was, het ontnam de aanwezigen iets van de verering waaraan zij behoefte hadden, – maar hij wist bovendien, dat hij verloren was als hij zich ook zelf in alle ernst ging zien als een tweede Homerus, Dante, Milton, Goethe of Hugo de Groot. Er was maar één personage met wie hij zich moest identificeren, wilde hij behouden blijven, en dat was die oorspronkelijke jongen achter de ijsbloemen. Hitler daarentegen, de absolutist, spiegelde zichzelf nu juist wel aan Alexander de Grote, Julius Caesar, Karel de Grote, Frederik de Grote en Napoleon, terwijl zijn jeugd niet bestaan mocht hebben.

Ook mevrouw Klinger was trots op hem. Zij somde een aantal van zijn onderscheidingen en prijzen op, noemde het ereburgerschap van zijn geboortestad, zijn lidmaatschap hier in Oostenrijk van de Academia Scientiarum et Artum Europaea en meldde dat hij in dertig landen was vertaald, tot en met China. Nadat zij kort was ingegaan op een paar van zijn bekendste boeken, memoreerde zij zijn familieafkomst uit Wenen.

'De grote nederlandse auteur Rudolf Herter is ook een beetje van ons,' besloot zij. 'Mag ik u het woord geven?'

Zij had het hem niet moeilijker kunnen maken. Toen hij opstond wankelde hij even, wat hij behendig opving, maar iedereen had het natuurlijk toch gezien, al was het maar aan Maria's snel uitgestoken hand. De criticus reikte hem zijn roman, waarna hij tussen de zuilen en manshoge marmeren beelden achter de tafel ging zitten en het tafereel tegenover zich gedurende een paar seconden in zich opnam. In het horizontale vlak de vele honderden gezichten; daarachter, twintig meter hoog, onderbroken door een galerij, de duizenden kostbare banden uit de bibliotheek van de Habsburgers. Zijn leven kende veel hoogtepunten, maar dit moment ervoer hij als een van de spectaculairste: zijn vader moest hem nu eens zien.

Toen hij begon te spreken, waren zijn vermoeidheid en afwezigheid op slag verdwenen. Hij vertelde iets over de lange ontstaansgeschiedenis van *De Uitvinding van de Liefde* en over de rol van de Tristanlegende daarin, die hij had verknoopt met bepaalde persoonlijke ervaringen. Welke dat waren moest natuurlijk geheim blijven, want als hij daarop terugkwam zou hij eigenlijk voor niets hebben geschreven. Voor hem waren er steeds die twee werelden, allebei even werkelijk: de wereld van zijn individuele ervaringen en de wereld van de mythische verhalen; die moesten op een organische manier zoiets als een chemische reactie met elkaar aangaan en een nieuwe verbinding vormen, – pas dan ontstond het soort boek dat hij wilde schrijven. Zijn werkkamer beschouwde hij als het niemandsland tussen die twee werelden. Toen hij zag dat sommigen in het publiek aantekeningen maakten, wilde hij zeggen dat zij dat niet moesten doen, want als zij zouden vergeten wat hij zei was het niet de moeite waard geweest; maar dat kon de indruk wekken, dat hij ten koste van die goede zielen de lachers op zijn hand wilde krijgen. Die lachers kreeg hij even later toch op zijn hand, toen hij *Die Erfindung der Liebe* opensloeg en zei, dat hij nu een hoofdstuk ging voorlezen, maar dat hij daarvan geen woord zelf had geschreven, want het was een vertaling.

De roman was al een paar jaar uit zijn systeem verdwenen, als een overwonnen ziekte; sindsdien had hij verscheidene andere titels gepubliceerd, maar nog steeds stootte hij elke paar minuten op een woord of een wending die niet precies weergaf wat er in het nederlands stond. Zijn geheugen voor de gebeurtenissen in zijn leven was eerder slecht dan goed, herhaaldelijk moest hij Maria of Olga vragen, hoe iets ook alweer was geweest, – maar als hij een passage geciteerd zag die hij vijftig jaar geleden had geschreven, en er stond ergens een punt in plaats van een puntkomma, dan zag hij dat onmiddellijk. Uitgesloten, dat hij daar een punt gezet zou hebben! Of geen uitroepteken. Bij controle bleek, dat hij zich daarin nooit vergiste. Mochten alle exemplaren van zijn boeken door een afgrijselijk natuurverschijnsel van de aardbodem verdwijnen, hij zou ze binnen beperkte tijd allemaal van a tot z letterlijk kunnen reconstrueren. Bij onbeperkte tijd zou iedereen ze natuurlijk kunnen schrijven, en alle andere boeken ook, zelfs de nooit geschrevene.

Om ook visueel contact met het publiek te houden, keek hij nu en dan even op van zijn tekst. Daar moest hij zich toe dwingen, en elke keer was het een kleine schok als hij zichzelf ervoer in het brandpunt van al die ogen in al die toegewijde gezichten. Allen hingen aan zijn lippen, zij gingen volledig op in de scène die hij voorlas – en ieder van hen beheerste een kunst, die hij zelf niet beheerste: die van het luisteren. Al op school, lang geleden, in de oorlog, drongen de woorden van de leraren niet tot hem door, aangezien hij volledig in beslag werd genomen door het kijken naar hen, naar hun mimiek, het vel van hun handen, hoe hun haar zat, de manier waarop zij hun das hadden geknoopt, en naar wat er verder nog in de klas gebeurde: het gedrag van de andere leerlingen, de vlieg op het bovenraam, het wapperen van de boombladeren, de voorbij zeilende wolken... 'Opletten, Rudi!' – maar hij lette niet te weinig, hij lette te veel op. Het gevolg was, dat hij thuis alles nog eens moest bestuderen, wat zijn klasgenoten na de les al wisten. Daar had hij op zichzelf geen moeite mee, woordblindheid was het allerlaatste waaraan hij leed; het probleem was alleen, dat hij thuis liever boeken las die hem werkelijk interesseerden. Dat leidde dan weer tot wekenlang spijbelen en ten slotte werd hij van school getrapt, wat volkomen in orde was, want dat was toch alleen maar tijd verknoeien. 'Woorddoofheid' placht hij zijn afwijking te noemen. Dat syndroom, identiek met zijn talent natuurlijk, lag ook ten grondslag aan zijn levenslange onvermogen een voordracht te volgen, een toneelstuk of zelfs een simpele thriller op de televisie. Als de politieauto jankend door de heuvelende straten van San Francisco raasde, was hij met zijn aandacht niet bij het spannende verhaal, dat hij nooit begreep, maar bij een vrouw die toevallig over de stoep liep en zich niet er van bewust was, dat zij op een dag aan de andere kant van de wereld te zien zou zijn in een adembenemende scène. Wie was zij? Waar ging zij heen? Leefde zij nog? De enige situatie waarin hij in staat was tot luisteren, was wanneer iemand niet in het algemeen sprak maar zich tot hem persoonlijk richtte.

Na het applaus kwam Marte naast hem zitten en

vroeg, om een begin te maken, waarom hij de droom in de voorgelezen passage in de tegenwoordige tijd had gesteld, terwijl de roman voor het overige in de verleden tijd was geschreven. Dat was natuurlijk een goede vraag, en zijn achting voor de jongeman met het ringetje in zijn oor steeg. Hij antwoordde dat hij dat altijd deed met dromen, al zo lang hij zich heugen kon, aangezien dromen net zo min als mythen historisch van aard waren. Je zei ook niet 'Tristan beminde Isolde', maar 'Tristan bemint Isolde'.

'Overigens,' zei hij en streek met beide handen door zijn haren, 'ik durf het niet met zekerheid te zeggen, er zijn anderen die dat beter weten dan ik, maar het is niet uitgesloten dat ik nog nooit een roman heb geschreven, waarin niet wordt gedroomd. Een roman of een verhaal is niets anders dan een bewust geconstrueerde droom. Een roman zonder droom is zowel in tegenspraak met de mens, die niet alleen waakt maar ook slaapt, als ook met de aard van de roman.'

De vragen uit het publiek, door Marte steeds herhaald, had hij vrijwel zonder uitzondering eerder beantwoord in langzamerhand ontelbare steden in Europa en Amerika. De enkele keer dat hij geen goed antwoord wist, gaf hij antwoord op een vraag die niet was gesteld, waar de vragensteller dan ook altijd tevreden mee was.

'Thomas Mann,' zei hij toen een gedistingeerde heer opstond en hem vroeg, wie hij als zijn literaire vader beschouwde.

'En uw literaire grootvaders?'

'Goethe en Dostojevski,' zei hij onmiddellijk, terwijl hij al nadacht over zijn vier literaire overgrootvaders, die nu natuurlijk zouden komen.

'En uw literaire zoon?'

Hij schoot in de lach.

'U heeft mij te pakken. Dat weet ik niet.'

De directeur greep het vrolijke moment aan om hem te bedanken, waarna hij met Maria naar de schraag met zijn vertaalde boeken wandelde.

'Ging het goed?' informeerde hij.

'Is het ooit slecht gegaan?'

'Je hoeft niet hier te blijven,' zei hij, toen hij ging zitten en zijn vulpen openschroefde, 'ga mevrouw Schimmelpenninck maar gezelschap houden.' Er stond al een rij en hij zag hoe er ook nieuwsgierig naar Maria werd gekeken, vooral door vrouwen: waarom zij? wat was zij voor vrouw? was zij niet dertig jaar jonger? op welke manieren kende zij hem? hoe was hij in bed?

Nu had hij eindelijk gelegenheid, iedereen recht in de ogen te zien, al waren er ook die zijn blik ontweken. Bij elke blik was hij de vorige vergeten, maar hij wist dat zij de zijne zouden onthouden. Bijna iedereen die hem zijn boek reikte had het opengeslagen bij de eerste bladzij, de franse-titelpagina, waar hun eigen naam thuishoorde; hij sloeg een bladzij om en signeerde op de eigenlijke titelpagina. Als iemand hem vroeg er een naam in te schrijven, voor wie het boek bestemd was, dan deed hij dat, – maar er waren er ook, die een papiertje bij hem neerlegden waarop dan iets stond als 'Voor Ilse, van wie ik altijd zal houden'. Dan kostte het hem soms moeite om uit leggen, dat hij beslist van Ilse zou houden als hij haar kende, maar dat dat helaas niet het geval was. Een enkele keer kwam hem dat op een nijdig gezicht te staan. En dan waren er natuurlijk altijd weer degenen, die een tas op tafel zetten en er tien boeken uit haalden: of hij die maar wilde signeren, met opdracht, datum en plaats. Dan wees hij op de lange rij wachtenden en zei, dat hij dat de anderen niet kon aandoen. Na een half uur kwam het onvermijdelijke moment, dat zijn hand plotseling niet meer wist hoe zij zijn naam moest schrijven en alleen nog een beverige karikatuur er van kon produceren, als een onbekwame vervalser.

Nadat Maria een tweede glas witte wijn bij hem had neergezet, was het einde toch in zicht. Maar toen hij zijn vulpen al had dichtgeschroefd en overeind wilde komen, naderden twee kleine oude mensen, man en vrouw, die hij al eerder had zien staan. Kennelijk hadden zij gewacht tot zij de laatsten waren. De man maakte een onderdanige buiging en vroeg in moeizaam nederlands, met een sterk duits accent:

'Meneer Herter, kunnen wij u heel kort maal spreken?'

7

'Natuurlijk,' zei Herter, ook in het nederlands. Hij had er langzamerhand genoeg van, maar hij wilde hen niet teleurstellen. 'En praat u gerust duits,' voegde hij er in het duits aan toe.

'Dank u, meneer Herter.'

Een beetje hulpeloos keken zij om zich heen.

'Neemt u toch een stoel.'

Hij zond een blik naar de boekhandelaar, die al aan het inpakken was met zijn assistenten, maar die onmiddellijk begreep wat hij bedoelde. Zij moesten eerder negentig dan tachtig zijn en zagen er armelijk maar verzorgd uit; hun jassen hadden zij niet afgegeven bij de garderobe. Alles wat de oude heer droeg was beige, zijn hemd, zijn das, zijn pak, gecombineerd met lichtgrijze schoenen, – iemand had hem kennelijk wijsgemaakt, dat dat fleurig stond op zijn leeftijd. Zijn te wijde boord gaf te kennen, dat hij sinds de aankoop een paar maten gekrompen was; hij was kaal en tegelijk niet kaal, als een doorzichtig waas lag zijn witte haar over zijn bleke schedel, die hier en daar rose vlekken vertoonde. Zo mager als hij was, zo dik was zij: het leek of zij hem vrijwel helemaal in zich had opgenomen. Haar gezicht, omlijst door kleine grijze krullen, was breed, enigszins slavisch, wat benadrukt werd door een goudkleurige bril met te grote glazen; haar wangen vertoonden nog een blos, die een natuurlijke indruk maakte.

Toen zij zaten, stelden zij zich voor als Ullrich en Julia Falk. Haar hand was warm, die van hem zo koel en droog als papier.

'Dit is voor ons een erg moeilijk moment, meneer Herter,' zei Falk. 'We hebben er lang over gesproken of we dit wel doen moesten. We hebben ook nog nooit zo'n lezing bijgewoond...'

Hij wist niet hoe hij het moest aanpakken, en om hem op zijn gemak te stellen zei Herter:

'Ik ben in elk geval blij dat u gekomen bent.'

Falk keek even naar zijn vrouw, die hem toeknikte.

'Gisteravond hebben we u op de televisie gezien, meneer Herter. Heel toevallig, want we kijken nooit naar dat soort programma's. Die zijn niet voor ons soort mensen bestemd. Maar toen zei u opeens iets over Hitler. Het was snel voorbij en we weten niet of we u goed begrepen hebben.'

'Vast wel.'

'U zei dat Hitler steeds onbegrijpelijker wordt. En toen zei u iets over de fantasie. Dat u hem met de fantasie wilt vangen.'

'In een net,' knikte Julia.

'Zo was het precies.'

Falk keek Herter aan. Er was iets scherps verschenen in zijn blauwe ogen.

'Misschien kunnen wij u helpen.'

Verbluft beantwoordde Herter zijn blik. Hij wist zo snel niet wat hij moest zeggen.

'Met de fantasie?'

'Nee, daar heeft u geen hulp bij nodig. Met iets werkelijks. Om te zien wie hij was.'

Opeens waren de verhoudingen omgedraaid. Opeens zat hij niet meer als de grote schrijver in een pronkzaal tegenover een eenvoudig, onzeker echtpaar, maar hij was zelf de onzekere geworden.

'Meneer Falk, u maakt mij nu wel heel nieuwsgierig.' Hij keek om zich heen. In de lege zaal waren mannen bezig de stoelen uit te ruimen, op de kraam zaten de overgebleven boeken al in kartonnen dozen en iets verderop stonden Maria, Lichtwitz en de Schimmelpennincks op hem te wachten. 'Ik ben hier gast, ik heb nu verplichtingen. Kunnen wij elkaar morgen niet ergens ontmoeten?'

'Waar logeert u?' vroeg Falk aarzelend. 'Wij zouden natuurlijk naar uw hotel kunnen komen.'

'Geen sprake van, u heeft al moeite genoeg gedaan. Ik kom wel naar u toe.'

Twijfelend keek Falk even naar zijn vrouw; toen zij knikte en tegelijk haar schouders even ophaalde, stemde hij toe. Zij woonden in een bejaardentehuis, Eben Haëzer. Hij noteerde het adres en het nummer van hun appartement, stond op en schudde hun de hand. Morgenochtend om half elf kwam hij op de koffie.

'Wat wilden die twee oudjes van je?' vroeg Maria toen hij zich bij hen voegde.

'Die weten iets,' zei Herter, nadat hij het haar had verteld. 'Die weten iets wat niemand weet.'

De *Vin d'Honneur* werd gehouden in een zijzaal. Er waren dertig of veertig genodigden uit de weense literaire wereld, die niet de indruk maakten dat zij hem hadden gemist. Liefst had hij ergens in een hoek een glas wijn gedronken en iets gegeten, maar er viel niet aan te ontkomen dat hij werd voorgesteld aan al die schrijvers, dichters, critici, uitgevers, redacteuren en andere functionarissen. Eigenlijk wilde hij niemand meer leren kennen, hij vond dat hij langzamerhand genoeg mensen kende; bovendien was hij hun namen en functies al vergeten terwijl hij ze te horen kreeg, aangezien hij te veel in beslag werd genomen door hen te bekijken en te peilen. Het was al voorgekomen, dat hij zich drie of vier keer aan dezelfde had voorgesteld, waaruit deze natuurlijk opmaakte dat hij nu toch werkelijk gaga aan het worden was – maar het was erger: in laatste instantie interesseerde hij zich er niet voor wie wie of wat was. Niet alleen in *De Uitvinding van de Liefde*, ook in andere romans had hij gestalten opgeroepen die veel lezers hadden ontroerd, maar voor hemzelf telden andere mensen – afgezien van zijn twintig of dertig naasten – alleen voor zo ver hij ze kon inpassen in zijn verbeeldingswereld. Maar misschien was die nogal onmenselijke, bijkans autistische eigenschap nu juist de voorwaarde om die gestalten neer te kunnen zetten. Misschien lag aan alle kunst een zekere meedogenloosheid ten grondslag, die maar beter verborgen kon blijven voor goedhartige kunstminnaars.

'Je bent niet echt bij de les,' zei Maria, toen hij eindelijk even met rust werd gelaten.

'Klopt. Ik wil eigenlijk weg hier.'

'Ja, dat kan dus niet. Dit is voor jou georganiseerd, door allerlei aardige mensen. Je zult je nog even moeten opofferen.'

Hij knikte.

'Het is maar goed dat ik zo'n volgzame aard heb en mijzelf altijd wegcijfer.'

Een kleine, mollige dame kwam op hem af en greep met allebei haar handen de zijne, die zij uitbundig begon te schudden, terwijl zij hem met glanzende ogen aanstaarde.

'Meneer Herter, dank, dank voor uw prachtige boek. *De Uitvinding van de Liefde* is de mooiste roman die ik ooit heb gelezen. Ik heb de laatste bladzijden dagenlang uitgesteld omdat ik niet wilde dat het uit was, voor mij had het nog duizend bladzijden langer mogen zijn. Ik ben er meteen opnieuw in begonnen. Daarom was ik zo blij dat u tijdens uw inleiding opmerkte, dat je voor het begin het einde nodig hebt.' Zij wachtte zijn antwoord niet af, blozend draaide zij zich om, het leek of zij vluchtte.

'Het is verschrikkelijk wat ik de mensen aandoe,' zei Herter.

Een half uur later diende de directeur van Sacher zich aan: hij was bereid, hen op elk gewenst moment naar het hotel te brengen. Voor Herter was dit het signaal, dat hij nu met fatsoen kon vertrekken; hij bedankte voor het aanbod, maar hij ging liever lopen, even de frisse lucht in.

'Weet u het zeker? Er is onweer voorspeld.'

'Ik weet het zeker.'

Het afscheidnemen duurde dan toch ook weer bijna een half uur. Lichtwitz begeleidde hen naar de uitgang en drukte Herter op het hart, zich toch vooral te melden als hij weer in Wenen was.

Op het plein werden zij overvallen door een stelsel vreemdsoortige rukwinden, die uit alle richtingen leken te komen. De lucht was zwart als de achterkant van een spiegel, nu en dan voelde Herter een verdwaalde regendruppel in zijn gezicht. Terwijl hij zich bij Maria excuseerde dat hij haar, door Hitlers schuld, morgenochtend weer alleen moest laten, werd de wind geleidelijk harder – en opeens kwam er recht door de Augustinerstrasse een windstoot van zo'n kracht op hen af, dat zij zich nauwelijks staande konden houden. Op hetzelfde moment weerklonk overal geraas en gekletter, luiken die openwaaiden en tegen de muren smakten, gerinkel van brekend glas, omvallende plantenbakken en fietsen, na een paar seconden gevolgd door een huizenhoge wolk stof en gruis, die hen verblindde. In hun ogen wrijvend, met hun rug naar de storm, bleven zij staan. Het bliksemde, onmiddellijk daarop beukten oorverdovende donderslagen de stad, even later barstte zo'n hevige wolkbreuk los dat het was alsof zij gekleed onder de douche stonden.

'Geen aandacht aan besteden!' riep Herter, terwijl hij schuin voorover tegen de wind leunde en verder liep. 'Net doen of je het niet merkt! Laat zien wie de baas is!'

8

Nog de volgende ochtend aan het ontbijt waren hun ogen geïrriteerd door het stof. Maria ging naar de Dürertentoonstelling in de Albertina, om lunchtijd zouden zij elkaar weer zien.

'Als het later wordt dan moet je maar zien,' zei Herter. 'Het vliegtuig gaat pas om half negen.'

Het was rustig herfstweer. Op weg naar de taxistandplaats, onder zijn arm een exemplaar van *Die Erfindung der Liebe*, kocht hij bij een stalletje een bos bloemen voor mevrouw Falk. Hij dacht terug aan zijn lezing van de vorige avond. Die was alweer zo definitief voorbij dat het was alsof zij nooit had plaatsgevonden. Honderden en nog eens honderden van zulke lezingen had hij in zijn leven gehouden, eerst voor de hoogste klassen van middelbare scholen, waarheen hij met treinen en bussen moest reizen, later voor kunstkringen en universiteiten, waar hij met zijn eigen auto heen reed, en ten slotte alleen nog voor prestigieuze gezelschappen in binnen- en buitenland, die hem bedienden met vliegtuigen, limousines en vijfsterrenhotels. Maar steeds was het de volgende dag dusdanig voorbij alsof het nooit gebeurd was. De tijd was een muil zonder lichaam, – een muil die alles vrat, vermaalde en niets overliet.

Toen hij het portier van de taxi opende, kwam hem pianomuziek tegemoet.

'Satie,' zei hij, toen zij weg reden, '*Gymnopédie.*' De aanslag was ruw en het tempo te snel. 'Is dat de radio of een bandje?' vroeg hij.

'Een bandje.'

'Wie speelt dat?'

De chauffeur, een dikke jongen van in de twintig, keek hem even aan in het spiegeltje.

'Mijn vader.'

'Zo? Niet slecht.'

'Hij is drie maanden geleden gestorven,' zei de chauffeur, nu zonder hem aan te kijken.

Herter zuchtte. Hoe was het mogelijk niet van het mensdom te houden? Hier luisterde een anonieme weense taxichauffeur naar het pianospel van zijn dode vader, dat hij ongetwijfeld zelf had opgenomen.

'Nu neem ik het over,' zei de chauffeur. Er viel even een stilte, waarna het op vrijwel dezelfde manier verder ging.

Niet alleen zat er geen blad meer aan de bomen, overal in de stad werden ook de omgewaaide bomen zelf met gierende kettingzagen veranderd in stapels hout, die niets meer met een boom te maken hadden. Hoe moest dat nu toch allemaal? vroeg Herter zich af. Aan de ene kant had je zo'n ontroerende taxichauffeur, aan de andere het meest bloeddorstige gepeupel, – hoe viel dat in hemelsnaam te rijmen? Alle koeien waren als alle andere koeien, alle tijgers als alle andere tijgers, – wat was er toch met de mensen gebeurd? Luisterend naar de muziek, die te veel pedaal had, reed hij door armelijke buurten waar hij nooit eerder was geweest. Het bejaardentehuis Eben Haëzer, een groot, zwartgeblakerd gebouw van zes verdiepingen uit het begin van de eeuw, lag in een troosteloze straat aan de rand van de stad, achter een station.

In de betegelde hal zaten hier en daar oude mensen in kamerjassen op houten banken, de stok naast zich, pantoffels aan hun voeten. Herter meldde zich bij de balie, waar hij te horen kreeg dat hij in verband met een verbouwing eerst de lift naar de vierde verdieping nemen moest, dan linksaf en aan het eind van de gang met de lift terug naar de derde; daar vervolgens rechtsaf de gang in. Toen hij over de sleetse loper van de tientallen meters lange gang op de vierde verdieping liep, waar een oeroude vrouw voortschuifelde, zich vasthoudend aan de leuning die over de hele lengte was aangebracht, verbaasde Herter zich er over dat zijn leven hem nu weer hierheen had gebracht, onder één dak met een honderdjarige in een weense buitenwijk.

Falk

Ullrich Falk, klein, in een te wijd wollen vest, weer beige, deed de deur open.

'Welkom, meneer Herter. Wat een eer.'

Het hele appartement was nog niet half zo groot als

zijn werkkamer in Amsterdam. Het rook er muf en bedompt, de ramen waren in geen maanden of jaren open geweest; alleen de geur van verse koffie maakte iets goed. In het minuscule keukentje, waar kennelijk ook gegeten werd, goot Julia uit een fluitketel een straaltje heet water op een bruine koffiepot met een filter, – een model, dat hij sinds zijn jeugd niet meer had gezien. Blozend nam zij de bos bloemen in ontvangst; het was duidelijk, dat zoiets haar al heel lang niet meer overkomen was. Hij sloeg een zijdelingse blik in hun slaapkamer, waarvan de deur half open stond: de ruimte was nauwelijks groter dan het bed. In de woonkamer was juist plaats voor een bank, een kleine fauteuil en een paar kastjes met snuisterijen. In de hoek stond een archaïsch televisietoestel, waarop zij hem eergisteren hadden gezien; er op een ingelijste foto van een blonde jongen, vier of vijf jaar oud, met naast zich een lachende jonge vrouw, kennelijk zijn moeder. Misschien was het hun kleinzoon, of achterkleinzoon. Hij ging op de groenige bank zitten, waarvan de versleten armleuningen waren afgedekt met lappen stof, die zelf ook in de vuilnisbak thuishoorden. Er boven hing een ingelijste reproductie van Brueghels *Boerenbruiloft*.

'Eerlijk gezegd, meneer Herter,' zei Falk, *Die Erfindung der Liebe* op zijn schoot, 'hadden wij niet gedacht dat u zou komen. U, zo'n beroemde schrijver –'

'Onzin,' onderbrak Herter hem. 'Die beroemde schrijver ken ik niet.'

Zich excuserend dat zij geen vaas hadden, zette Julia de bloemen in een rood plastic emmertje op de lage tafel. Nadat zij de slappe koffie had ingeschonken en Streuselkuchen had gepresenteerd, kwam zij naast hem op de bank zitten en stak een sigaret op; de uitgeblazen lucifer stopte zij terug in het doosje. Herter zag dat zij niet op hun gemak waren; hij besloot zijn ongeduld te bedwingen en vroeg of zij altijd in Wenen hadden gewoond. Zij keken elkaar even aan.

'Bijna altijd,' zei Falk.

Herter voelde dat hij hier nu niet verder op in moest gaan.

'Hoe oud bent u beiden, als ik vragen mag?'

'Ik ben van tien, mijn vrouw van veertien.'

'U hebt dus vrijwel de hele eeuw meegemaakt.'

'Een al te mooie eeuw was het niet.'

'Maar wel een interessante eeuw. Althans voor wie het na kan vertellen. Laten we zeggen, dat het een onvergetelijke eeuw was.'

Op Herters vraag naar zijn achtergrond, vertelde Falk dat zijn vader banketbakkersknecht was bij Demel aan de Kohlmarkt. Hij had hem nauwelijks gekend, in de Eerste Wereldoorlog was hij gesneuveld aan de Somme, waarna zijn moeder de kost verdiende als werkster bij rijke families in de Ringstrasse. Meer dan de lagere school had hij niet doorlopen. Hij kreeg een baantje als brievenbesteller bij de posterijen en volgde tijdens zijn diensttijd een cursus van de middelbare hotelschool, want hij wilde het verder brengen dan zijn vader. Toen hij op zijn twintigste zijn diploma haalde, was zijn moeder al gestorven.

'En toen werd u dus oberkelner.'

'Ook dat.'

'Wat dan nog meer?'

Uit zijn ooghoeken keek Falk hem aan.

'Nazi.'

Herter schoot in de lach, zodat er wat kruimels van de Streuselkuchen uit zijn mond vlogen.

'Dat was dus een eigenaardige school.'

Maar het kwam niet door de school. Hij wisselde een paar keer van betrekking, en in 1933 – het jaar dat in Duitsland Hitler aan de macht kwam – kreeg hij werk in een café, waar rechts-radicalen van de zojuist verboden nazi-partij bij elkaar plachten te komen, zoals dat, geleid door de NSDAP-centrale in München, op ontelbare plaatsen in Oostenrijk gebeurde. Gecamoufleerd als skaatclub smeedden zij in een achterafzaaltje vol sigarenrook hun revolutionaire plannen, de kaarten voor zich op tafel. Zelfs dr. Arthur Seyss-Inquart was eenmaal van de partij, een advocaat, die het tot bondskanselier zou brengen en Hitler officieel zou verzoeken Oostenrijk te annexeren.

'En die twee jaar later als beloning rijkscommissaris van het bezette Nederland werd,' vulde Herter aan, 'maar toen was hij vermoedelijk uit uw gezichtsveld verdwenen. Voor wat hij bij ons heeft uitgespookt, met de joden vooral, is hij in Neurenberg opgehangen.'

'Ik weet het,' zei Falk. 'Het laatste half jaar van de

oorlog hebben wij bij hem in de huishouding gewerkt, in Den Haag.'

Verbluft keek Herter hem aan, maar hij onderdrukte zijn neiging om er verder naar te vragen.

'Wel, dan kent u de heren dus allemaal. Zoals Rauter, de hoogste baas van de SS en de politie in Nederland, ook een landgenoot van u. Als je het goed bekijkt waren wij eigenlijk door Oostenrijk bezet. Allemaal *Wiener Blut*, als ik zo mag zeggen. Soms denk ik wel eens, dat die zogenaamde *Anschluss* van Oostenrijk bij Duitsland eerder een *Anschluss* van Duitsland bij Oostenrijk was. En al die oostenrijkers lagen in hetzelfde jaar achttientweeënnegentig als schattige baby's aan de moederborst, Seyss, Rauter, tot en met mijn eigen vader, die zich ook niet al te best heeft gedragen in de oorlog. Voor de goede orde zeg ik dit er maar even bij.' Hij wilde er nog aan toevoegen '...opdat u zich niet schuldig zult voelen' – maar dat slikte hij in; het moest nog blijken, hoe schuldig Falk zich moest voelen.

Falk viel even stil en wisselde een blik met Julia, die haar sigaret in de asbak uitdrukte. Politiek interesseerde hem niet, vervolgde hij, het zei hem aanvankelijk niets, zijn taak bestond er uit om bier en wijn en worst op tafel te zetten. Maar dat veranderde toen hij Julia leerde kennen.

'Ja, geef mij maar de schuld,' zei Julia. Het was de eerste keer dat zij zich in het gesprek mengde. Op een gespeelde manier probeerde zij de indruk te wekken dat zij verontwaardigd was, maar de blik in haar ogen zei iets anders. Met een hoofdbeweging wees zij naar haar Ullrich. 'Kijk hem daar zitten. U zult het niet geloven, maar hij was toen een hoogblonde edelgermaan, tien centimeter groter dan nu, kaarsrecht en sterk en met grote blauwe ogen. Ik was meteen verliefd op hem.'

Zij was de dochter van een van de fascistische voormannen, een boekhouder bij het gemeentelijk vervoerbedrijf; op een avond kwam zij hem afhalen – en kijk eens aan, nu waren zij sinds zesenzestig jaar bij elkaar. Ullrich kwam regelmatig bij haar thuis, waar haar vader hem *Mein Kampf* te lezen gaf en hem binnen de kortste keren won voor het nationaal-socialistische gedachtegoed.

'Tegenwoordig wordt dat allemaal uit het perspectief van Auschwitz gezien,' verontschuldigde Falk zich, 'maar dat bestond toen nog niet. Ik bekeek het uit het perspectief van dat ellendige Oostenrijk van Dollfuss, waarin mijn moeder zich dood moest werken.'

Herter knikte zwijgend. Falk wist zijn verhaal op te bouwen, te beginnen met de achtergrond van datgene waar hij op uit was. Kennelijk had hij zich voorbereid.

Hij trouwde met Julia en nam nu niet meer alleen als ober deel aan de illegale bijeenkomsten, die een eind moesten maken aan Oostenrijk. Een jaar later, in juli '34, deed hij gewapenderhand mee met een riskante putschpoging, in de Bondskanselarij, waarbij Dollfuss werd vermoord, – een dag van blunders en misverstanden aan beide kanten. In de totale verwarring wist hij te ontkomen en zijn straf te ontlopen.

Weer twee jaar later, in 1936, kwam zijn carrière in een onverwachte versnelling. In een verkreukeld pak verscheen op een voorjaarsdag een van Hitlers adjudanten op een subversief kaartavondje in het café. Hij vertelde dat op diens buitenverblijf Berghof een vacature was voor een vertrouwde kelner annex kamerdienaar, wiens vrouw in de huishouding kon werken. Iedereen keek onmiddellijk zijn kant op. Nadat de Gestapo in München hun antecedenten had nagetrokken, in samenwerking met de oostenrijkse politie natuurlijk, en nadat de Burgerlijke Stand had bevestigd dat zij rein arisch bloed hadden, stapten Ullrich en Julia in de zomer op de trein en reisden af naar Berchtesgaden.

'Geen kleinigheid,' zei Herter. 'Beefde u niet van angst?'

'Angst... angst...' herhaalde Falk. 'Daar was op dat moment nog niet zo veel reden voor. De echte nachtmerrie moest nog komen. Ook voor ons. Op dat ogenblik was ik vooral opgelucht dat ik uit Oostenrijk weg kon, want nog steeds was het mogelijk dat ze ontdekten, dat ik had meegedaan aan de putsch. Vijftien jaar was het minste dat je daarvoor kreeg. Dollfuss was heilig verklaard. De strop zou ook kunnen.'

'Het was alsof we in een droom waren beland,' zei Julia. 'Ik weet niet of u daar ooit geweest bent, maar... Vandaag gaat iedereen twee of drie keer per jaar op vakantie in het buitenland, maar wij waren nooit weggeweest uit Wenen, en opeens stonden wij daar in dat sprookjesachtige Alpenlandschap. Bij mooi weer zag je in de verte Salzburg liggen.'

'Hitler hield van dat stukje Duitsland omdat het eigenlijk Oostenrijk is,' zei Falk. 'Al begin jaren twintig ging hij er regelmatig heen om zich te ontspannen en na te denken. Als je op de kaart kijkt, zie je dat het in Oostenrijk steekt als... als...'

...als een penis, wilde Herter aanvullen, maar hij zei: 'Het was kennelijk zoiets als zijn absolute plek. In die romantische woestheid herkende hij zichzelf meer dan in de moderne verkeersdrukte van München of Berlijn. Misschien heeft iedereen zo'n absolute plek. Wat zou de uwe zijn, mevrouw?'

Toen zij niet onmiddellijk begreep wat hij bedoelde, zei Falk:

'Wij hebben niet zo veel van de wereld gezien, meneer Herter. Wij zijn maar eenvoudige mensen. En uzelf?'

Herter keek even naar het plafond, naar een bruine vochtplek in de vorm van een egel.

'Misschien in Egypte dat speciale stukje woestijn waar de piramiden en de sfinx staan.'

De adjudant, Krause, nu in een strak, zwart SS-uniform, haalde hen in een auto af van het station en bracht hen langs de reeksen afzettingen en wachtposten naar de Obersalzberg. De eigenlijke villa, door Hitler zelf ontworpen, kregen zij nog niet te zien; er achter, niet zichtbaar van de straatweg, lag een reusachtig complex kazernes, bunkers, schietbanen, kan-

verontrusten
goedgehumeurd   humeurvol
humor   jolie laune
            Humor
bedrukt/mende gemanierd
Ich denke nicht daran nach
Ik pieker er niet over
slecht/goed
humeur schlechte
           jolie laune

geïntimideerd

selarijen, garages, een hotel voor hoge gasten, barakken voor de arbeiders, dienstwoningen, zelfs een kleuterschool; overal, dag en nacht, werd nog gebouwd en werden wegen aangelegd. In een flatgebouw, waar ook het andere huispersoneel woonde, kregen zij een klein appartement toegewezen. In het bureau van de hofmaarschalk, SS-Obergruppenführer Brückner, een reusachtige houwdegen, die al in 1923 had deelgenomen aan Hitlers mislukte putsch in München, moesten zij vervolgens een eed van geheimhouding op de Führer afleggen voor alles wat zij op de Berghof zouden horen of zien; ook een dagboek mochten zij niet bijhouden. Zouden zij die eed verbreken, dan wachtte hun in het beste geval het concentratiekamp.

Die eed gaat hij dus na meer dan zestig jaar verbreken, dacht Herter. Hij hield zijn mond, maar Falk had zijn gedachten gelezen:

'Ik weet niet of een eed ook over het graf heen geldt. Al die mensen zijn nu dood en veel is intussen toch al bekend. Maar niet alles.' Falk zocht naar woorden. 'Ik weet niet of zoiets mogelijk is, maar wij zouden willen dat u die eed van ons overnam. Althans voor de korte tijd die ons nog rest, daarna kunt u er mee doen wat u wilt. Het is iets dat wij niet willen meenemen in ons graf.'

'Dat doe ik,' zwoer Herter met opgestoken vingers – beseffend dat hij nu een satanisch domein betreden had: de eed verbond hem met Falk, zoals hij Falk had verbonden met Hitler zelf.

9

'Wanneer zag u hem voor het eerst?' vroeg hij Falk, terwijl hij Julia nog eens vuur gaf.

'Pas een week later. Hij zat in Berlijn, in de rijkskanselarij. Wel werden we de volgende dag voorgesteld aan juffrouw Braun.'

'De vrouw des huizes.'

'Dat wisten we toen nog niet,' zei Julia. 'Dat wist vrijwel niemand, alleen in heel kleine kring. Zij was zogenaamd een van zijn secretaresses, maar iedereen had het over de "cheffin". Na een paar dagen, toen ik haar voor het eerst haar ontbijt en het ochtendblad moest brengen, kreeg ik in de gaten hoe het zat. De secretaresses woonden allemaal op het terrein...'

'Tot genoegen van de SS-officieren,' viel Falk in.

'En vergeet Bormann niet.' Julia's gezicht drukte nog steeds misprijzen uit. 'Maar haar slaapkamer was op de Berghof zelf, op de eerste etage, en alleen door een gemeenschappelijke badkamer gescheiden van die van Hitler.'

Juffrouw Braun was een eenzaam, ongelukkig schepsel, dat om politieke redenen verborgen gehouden moest worden, aangezien de chef alle duitse vrouwen wilde toebehoren. Een geblondeerde, knappe, in gezelschap altijd goedgehumeurde, sportieve vrouw van vierentwintig, – twee jaar ouder dus dan Julia zelf, met wie zij het onmiddellijk goed kon vinden. Zij was veel alleen, soms deed zij wekenlang niets anders dan romans lezen, platen draaien en haar dagboek bijhouden. Omdat er verder niemand was met wie zij praten kon, nam zij Julia al snel in vertrouwen. Als de chef er niet was, rookten zij op haar kamer stiekem sigaretten, platte egyptische, merk Stambul; als Hitler had geweten dat juffrouw Eva rookte, had hij onmiddellijk een eind aan hun verhouding gemaakt. Ook in de winter deden zij het raam dan altijd wijd open, want misschien zou een van de SS-lijfwachten het ruiken en het rapporteren aan Brückner, die het misschien zou melden aan Bormann, die er dan met zekerheid voor zou zorgen dat de chef het te weten kwam. Reichsleiter Bormann was zijn machtige, halfanonieme secretaris, die zijn agenda en zijn financiën beheerde. Juffrouw Braun haatte hem. Die schonkige knecht, aan wiens arm zij in gezelschap altijd van de grote zaal naar de eetkamer moest, had volgens haar veel te veel invloed op haar Adi, – terwijl hij het op zijn beurt niet op haar begrepen had, want zij onttrok zich aan zijn controle. Maar hij wist hoe hij zich onontbeerlijk moest maken. Op een keer had de chef geklaagd, dat hij bij het periodieke defilé van bewonderaars en vooral bewonderaarsters last had van de zon, – de volgende dag stond er een dichtbebladerde boom. Een andere keer had hij opgemerkt, dat een boerderij in de verte toch eigenlijk de ongereptheid van het uitzicht verstoorde, – de volgende dag was de boerderij verdwenen.

Ja, dacht Herter, dat is de absolute macht. Hij hoefde Bormann niets te bevelen om het te laten gebeuren, hij had macht over mensen zoals een ander die alleen heeft over zijn lichaam. Als iemand een glas van de tafel wil pakken, hoeft hij zijn hand niet eerst het bevel te geven om dat te doen: hij doet het eenvoudig. Vergeleken met Hitler was iedereen verlamd.

Juffrouw Braun kende Hitler sinds haar zeventiende, toen zij, nog vóór de machtsovername, in München een betrekking had in de winkel van diens lijffotograaf Heinrich Hoffmann; zij had Julia eens verteld, dat zij het liefst in de donkere kamer werkte. Haar werk in het fotoarchief had kennelijk geleid tot haar vreemdsoortige gewoonte, een pijnlijk nauwkeurige administratie van haar uitgebreide garderobe bij te houden, met gedetailleerde beschrijvingen, tekeningen en aangehechte staaltjes stof. Vier of vijf keer per dag trok zij trouwens iets anders aan, ook als er geen enkele reden voor was. Zij hield van zonnebaden, maar ook dat had de chef haar verboden, hij had een hekel aan een gebruinde huid. Hitler, viel Falk in, haatte de zon. Ook 's zomers had hij op het terras altijd zijn uniformpet of een hoed op. De Berghof lag op de noordflank van een kolossale alp, zodat het in de winter al 's middags bitter koud werd in zijn slagschaduw, en dat was natuurlijk zo bedoeld. In de nieuwe rijkskanselarij in Berlijn lagen zijn kamers ook op het noorden. Ook helder elektrisch licht kon hij niet verdragen. In zijn werkkamer brandde nooit meer dan één schemerlamp. Met flitslicht wenste hij niet gefotografeerd te worden.

De Vijand van het Licht, dacht Herter, – was dat misschien een geschikte titel voor zijn verhaal? Of dan maar liever meteen: *De Vorst der Duisternis?* Nee, dat was te veel van het goede.

In die münchense dagen, vertrouwde juffrouw Braun Julia toe, had de fanatieke volkstribuun een verhouding met zijn nicht, die zelfmoord pleegde toen hij een korte flirtage had met haarzelf. Ook verder hadden vier of vijf van zijn vriendinnen zelfmoordpogingen gedaan, maar alleen deze was gelukt. Zelf wilde hij zich daarop ook van kant maken, had Falk eens opgevangen uit de mond van Rudolf Hess, destijds zijn plaatsvervanger, die hem het pistool uit de hand moest rukken. Op de Berghof werd gefluisterd, dat zijn nicht toen zwanger was geweest; in elk geval was hij van dat ogenblik af vegetariër geworden. Dat was dus, dacht Herter, de reactie van een necrofiel. Julia moest elke dag verse bloemen neerleggen bij haar portret in de grote ontvangstzaal. In die tijd had ook juffrouw Braun zelf zich eens onhandig een kogel in haar hals geschoten, toen hij haar door zijn drukke werkzaamheden maandenlang verwaarloosde, wat hem definitief aan haar bond. Een jaar voordat zijzelf op de Berghof kwamen, had juffrouw Braun om dezelfde reden trouwens een tweede zelfmoordpoging gedaan in München, waarna hij haar bij zich liet intrekken op de Obersalzberg.

'Hij was dus in staat tot liefde,' knikte Herter, 'maar tegelijk wasemde hij ook in zijn privé-leven de dood uit.'

'Ik weet niet of het liefde was,' zei Falk met een strak gezicht.

'Zat er niet toch ergens een greintje goedheid in hem?'

'Nee.'

'Hij hield van zijn hond.'

'Daar heeft hij ten slotte het gif op uitgeprobeerd, eer hij het aan juffrouw Braun gaf.'

'Maar juffrouw Braun was wel in staat tot liefde,' zei Julia. 'Als hij niet op de Berghof was en zij moest alleen eten, wilde zij altijd dat ik zijn foto bij haar bord zette.'

Zwijgend bleef Herter haar even aankijken, terwijl hij het tafereel voor zich zag: die eenzame vrouw aan tafel met het portret van haar geliefde, door wiens toedoen ook toen al honderden omkwamen, weinig later duizenden en ten slotte miljoenen.

'Maar zij at heel weinig en onregelmatig,' zei Falk. 'Na de maaltijd nam zij trouwens altijd een purgeermiddel in. Zij was als de dood om dik te worden.'

'Dat betekent dus dat zij aan anorexia leed; maar dat ziektebeeld was toen misschien nog niet bekend. En Hitler zelf? Wat was uw eerste indruk van de Führer?'

Falk stoorde zich niet aan de ironische klank, waarmee hij het woord 'Führer' uitsprak. Zijn ogen dwaalden af naar het raam, dat uitkeek op een verwaarloosde binnenplaats. Er was iets te zien dat alleen hij zag. Het enigszins slaperige verstrijken van de dagen, waarin hij wegwijs was gemaakt op de Berghof, had plaatsgemaakt voor een nerveuze, geagiteerde sfeer. In de namiddag verscheen plotseling de colonne open Mercedessen over de oprit en stopte bij de staatsietrap. Het was, zei Falk, en hij wist dat het niet was uit te leggen, alsof het plotseling ijskoud werd en alles bevroor. Door een keukenraam zag hij Hitler uitstappen en even om zich heen kijken naar het overweldigende Alpenpanorama, terwijl hij met een korte ruk zijn koppel iets omlaag trok. De klep van zijn uniformpet was groter dan die van de anderen en zat ook dieper over zijn ogen. Daar stond hij, de Führer, precies daar waar hij stond en nergens anders. Hij was kleiner dan hij hem zich had voorgesteld. In zijn tegelijk soepele en starre motoriek had hij iets van een levend bronzen beeld, waardoor er een vreemdsoortige leegte om hem heen hing, die op een of andere manier het leegst was waar hij zelf was, alsof hij er niet was. Elk bronzen beeld was hol en leeg, – maar die leegte had in zijn geval iets zuigends, zoals de holte in een draaikolk. Een onbeschrijflijke sensatie.

'Allemaal theater,' zei Julia en haalde haar schouders op. 'In het openbaar speelde hij altijd theater. Vooral wanneer hij in uniform was.'

'Misschien kun je dus zeggen dat Hitler Hitler *speelde*,' opperde Herter, 'zoals een acteur een moorddadige koning van Shakespeare speelt, maar dan met echte moorden. Als hij tussen de bedrijven door in de coulissen afgaat, verandert hij in een onopvallende man die even een sigaret opsteekt.'

Julia schoot in de lach.

'Hitler en een sigaret!'

'Ik weet het niet,' zei Falk. 'Misschien is het zoals u zegt. Maar dat niet alleen. Ik denk al mijn hele leven lang over hem na, maar er blijft altijd een rest, die ik ook vandaag nog niet kan verklaren, meer dan een halve eeuw later. Over twee jaar is hij even lang dood als hij heeft geleefd.' Kennelijk had ook hij de moeite genomen dit uit te rekenen. Hij schudde zijn hoofd. 'Voor mij wordt hij met de dag onbegrijpelijker.'

Verder herkende hij in Hitlers gevolg alleen de gedrongen gestalte van Bormann. Uitgelaten holde Hitlers duitse herder de treden af, Blondi, jankend van vreugde legde zij haar voorpoten tegen zijn koppel, waarop hij haar kop tussen zijn gehandschoende handen nam en even zijn lippen er op drukte. Boven aan de trap stond juffrouw Braun in een luchtige zomerjurk met korte mouwen...

'Ik wist,' onderbrak Julia hem, 'dat zij voor de gelegenheid een paar zakdoeken in haar bustehouder had gestopt.'

Een paar meter achter haar stond een groep officieren van de SS-Leibstandarte Adolf Hitler, in het zwart, met witte koppels en stram uitgestrekte rechterarm, de handen in witte handschoenen. Hij nam zijn pet af, zodat zijn opvallend bleke voorhoofd zichtbaar werd, en gaf haar een galante handkus; de anderen groette hij door losjes de palm van zijn rechterhand op te heffen, alsof daar een dienblad op moest, waarop hij via de galerij naar binnen ging met Blondi, zijn vriendin en haar twee schotse terriërs, Stasi en Negus. Haar liefste wens, wist Julia, was een teckel geweest, maar Hitler vond teckels te eigenzinnig en te ongehoorzaam. Van dat soort eigenschappen hield hij niet.

'Niemand zal het ooit begrijpen,' zei Falk met neergeslagen ogen, terwijl hij langzaam zijn hoofd schudde. 'Het was heel beangstigend. Elke beweging was van een volmaakte beheersing en precisie, als bij een acrobaat, een trapezewerker. Natuurlijk was hij een mens als ieder ander, maar tegelijk ook niet, tegelijk was hij iets onmenselijks, eerder iets als een kunstwerk, een...' Hij schudde zijn hoofd. 'Ik kan het niet onder woorden brengen. Iets verschrikkelijks.'

'U kunt het heel goed onder woorden brengen. Zelf hoef ik hem ook maar één seconde te zien op een film of een foto, desnoods alleen zijn rug, en ik weet het weer. Met de psychologie is hij niet te verklaren, daar is eerder de theologie voor nodig. Die kent een uitdrukking die misschien ook op hem van toepassing is: *mysterium tremendum ac fascinans*: "het verschrikkelijke en tegelijk betoverende geheim".'

Verrast keek Falk op.

'Ja, zoiets was het.'

'Een verklaring is het natuurlijk niet, het geheim blijft een geheim, maar het zegt misschien iets over de aard van het geheim. Namelijk, dat hij eigenlijk niemand was. Een hol beeld, zoals u zegt. En de fascinatie die hij uitoefende en tot de huidige dag uitoefent, en de macht die hem door het duitse volk werd toegekend, was niet *ondanks* het feit dat hij zielloos was, maar *dankzij* dat feit.' Herter zuchtte. 'We moeten natuurlijk oppassen dat we hem niet vergoddelijken, al is het dan met een negatief voorteken. Maar als de ene God niet bestaat,' bedacht hij zich, 'waar de wereldgeschiedenis op wijst, dan raakt zijn vergoddelijking misschien precies de kern van de zaak. Dan is hij de vergoddelijking van datgene wat niet bestaat.'

Van het ene ogenblik op het andere struikelden zijn gedachten over elkaar als een roedel wolven op een onzichtbaar geworden prooi, liefst had hij snel een paar aantekeningen gemaakt, maar hij was bang dat hij Falk daarmee zou afschrikken. Hij hoorde Julia iets zeggen, maar het drong niet tot hem door. Elk geïnspireerd denken gebeurt in een oogwenk, een flits uit een dreigende hemel, pas zijn donderende ontvouwing kost tijd. Straks, vandaag nog, moest hij de tijd nemen om vast te leggen wat hij plotseling wist en tegelijk nog niet wist.

Want als dat allemaal zo was, dan had het misschien een paradoxale consequentie. Als Hitler de aanbeden en vervloekte personificatie van niets was, in wie niets bestond dat hem waar dan ook van weerhield, dan was zijn ware gezicht ook niet door een literaire spiegel zichtbaar te maken, zoals hij gisteren tegen Constant Ernst had geopperd, want er was geen gezicht. Dan was hij eerder vergelijkbaar met graaf Dracula, met een vampier die zich voedt met mensenbloed: een 'ondode', die geen spiegelbeeld heeft. Dan verschilde hij niet gradueel maar essentieel van andere despoten, zoals Nero, Napoleon of Stalin. Dat waren demonische figuren, maar ook demonen zijn nog iets positiefs, terwijl Hitlers wezen de afwezigheid van een wezen was. Op een paradoxale manier was dan juist het *ontbreken* van een 'waar gezicht' zijn ware aard. Hield dat in, dat hijzelf alleen geslaagd zou zijn als het hem *niet* zou lukken zijn onthullende fantasma te schrijven? In dat geval was Hitler voor de zoveelste keer ontkomen, en die kans zou hij nu niet krijgen.

Herter schrok van zichzelf. In welke regionen begaf hij zich? Ging hij niet over de schreef? Er dreigde gevaar. Maar hij mocht nu niet terugdeinzen, hij had het gevoel of het nu of nooit was, er moest dan maar van komen wat er van kwam; als iemand op aarde er voor gekwalificeerd was, dan was hij het. 'Misschien ben ik daarom wel op de wereld,' had hij gisteren tegen Maria gezegd, – alsof ook hijzelf een gezondene was uit het Totaal Andere. Maar het leek raadzaam om voor alle zekerheid een verteller tussen zichzelf en zijn brisante verhaal te schuiven, bij wijze van isolator, – een jongeman van een jaar of drieëndertig, voor wie de Tweede Wereldoorlog verder terug lag dan de Eerste voor hemzelf, en die er *niet* voor terugschrok Hitler te vergoddelijken, al zou hij daar op een of andere manier zelf het slachtoffer van moeten worden. Dat was dan zijn literaire zoon, – en zijn aangewezen voornaam was natuurlijk Otto: de neerslag van de chemische reactie tussen 'Rudolf Herter' en 'Rudolf Otto', de theoloog van wie de term *mysterium tremendum ac fascinans* afkomstig was. In elk geval liet hij zich door niets meer ophouden. Precies op die nihilistische goddelijkheid moest Hitler aan het slot van de twintigste eeuw nu eens en voorgoed vastgenageld worden, – daarna zou hij geen woord meer aan hem vuilmaken.

10

'U ziet bleek,' zei Julia. 'Voelt u zich wel goed?'
Herter keek op.
'Niet helemaal, eerlijk gezegd. Dat heb je wel vaker op onze leeftijd.'
'Onze? U bent nog piepjong.'
Hij nam haar gerimpelde hand en drukte er in oud-oostenrijkse stijl een kus op.
'Goed,' zei hij tegen Falk, 'hij ging dus naar binnen – en toen?'
Na drie kwartier kwam er een telefoontje in de keuken, kennelijk van juffrouw Braun, en in gezelschap van adjudant Krause ging hij met bonkend hart naar boven in zijn zwarte broek en zijn witte vest met de gouden epaulet, op zijn revers de SS-runen tegen een zwarte, ruitvormige ondergrond, in zijn witgehandschoende handen een dienblad met thee en gebak. De Hitler die hij daar aantrof in zijn lage, betimmerde werkkamer met de meer dan manshoge, betegelde kachel, was plotseling een totaal ander personage. Uitgeblust, amorf, in een grijs, dubbelgeknoopt burgerpak, met afgezakte sokken, zijn haren nog nat van het bad, hing hij onderuit in een gebloemde fauteuil, niet meer dan een schaduw van de demonische acrobaat, die daarstraks was gearriveerd, – en die helemaal niets

meer te maken had met de in hysterische razernij vervallende volkstribuun, zoals de wereld hem kende. Met een tandenstoker peuterde hij tussen zijn kiezen.

'Kennelijk vormde hij zoiets als een heilloze drie-eenheid,' zei Herter.

Juffrouw Braun zat met opgetrokken benen op de bank, onder het portret van Hitlers lang geleden gestorven moeder, op wie hij sterk leek: dezelfde Medusablik, dezelfde kleine mond. Maar zo uitgeblust was hij niet of hij had onmiddellijk gezien, dat Falk nieuw was. Terwijl Krause, de hakken van zijn laarzen tegen elkaar, hem met een paar korte opmerkingen voorstelde, keek Hitler hem strak aan met zijn iets uitpuilende, donkerblauwe ogen, – en die blik, zei Falk, zou hij nooit vergeten.

'Ik denk,' zei Herter, 'dat hij u met die beroemde blik heel bewust in de totale onderwerping dwong. U vormde een potentieel gevaar voor hem, u was in een positie dat u hem zou kunnen vergiftigen; maar met die blik, die u nooit zou vergeten, verlamde hij u, zoals een slang een konijn.'

Terwijl hij dit opperde, schoot hem een wending te binnen waarmee Thomas Mann Hitlers blik eens had gekenschetst: zijn 'basiliskenblik'. De basilisk, een gevleugeld fabeldier, samengesteld uit een hanenkop met een kroontje en het achterlijf van een slang, eindigend in een klauw, verbrandt alles waar hij naar kijkt, zelfs stenen splijten door zijn blik. De enige manier waarop hij gedood kan worden, is door hem een spiegel voor te houden, waardoor zijn alles verwoestende blik op hemzelf teruggeworpen wordt. Dat heeft dus het karakter van een afgedwongen zelfmoord. Maar een basilisk is nog steeds iets positiefs, dat weerspiegeld kan worden, terwijl Hitler de pure negativiteit was. Wie in zijn ogen keek, onderging de *horror vacui*.

'Had ik het maar gedaan,' zei Falk.

'Had u *wat* maar gedaan?'

'Hem vergiftigen. Maar toen ik er reden voor had, was het niet meer mogelijk.'

Herter knikte zwijgend. Het was duidelijk dat Falk nu raakte aan wat hij op zijn hart had, maar hij wilde hem niet opjagen door er naar te vragen. Hij was bezig zich te ontdoen van iets dat hij en zijn Julia meer dan een halve eeuw met zich mee droegen, daar moesten zij de tijd voor krijgen. Herter dwong zich om niet van ongeduld blijk te geven door op zijn horloge te kijken, want hoe steels men dat ook deed, het bleef nooit onopgemerkt. De oplossing was dan om naar het horloge van iemand anders te kijken, maar noch Falk noch Julia droegen er een. Hij schatte dat het tegen twaalven liep.

Steeds als de chef de Wilhelmstraße in het hectische Berlijn ontvluchtte en met zijn komst zijn buitenverblijf veranderde in het Führerhauptquartier, streken ook andere prominenten met hun gezinnen neer op de Obersalzberg. Martin Bormann natuurlijk, die zelf een groot chalet bewoonde in de binnenste cirkel en die zijn meester nooit uit het oog verloor: hij had het zo laten bouwen, dat hij van zijn balkon af met een verrekijker kon controleren, wie er bij Hitler in en uit ging. Ook rijksmaarschalk Göring had er een huis, en Albert Speer, Hitlers lijfarchitect.

'Met wie hij dus ook zijn weense jeugddroom onder handbereik had,' knikte Herter.

'Zijn jeugddroom?'

'Om bouwmeester te worden.'

'Bouwmeester...' herhaalde Julia schamper. 'Sloper, kun je beter zeggen. Door zijn schuld is heel Duitsland in puin en as gelegd, en niet alleen Duitsland.'

Het leven op de berg, vervolgde Falk, was van een vreemdsoortige doodsheid, vooral als de chef er was. Omdat hij het altijd laat maakte, als de echte bohémien die hij altijd was gebleven, mocht hij pas om elf uur gewekt worden. Naderhand, in de oorlog, had dat duizenden van zijn soldaten het leven gekost. Als om acht uur 's ochtends het bericht kwam dat er een doorbraak was aan het oostfront, en er snel beslist moest worden of de troepen zich terug moesten trekken of tot de tegenaanval overgaan, durfde niemand hem te wekken, ook veldmaarschalk Keitel niet. De Führer sliep! Radeloze generaals in Rusland, maar de Führer sliep en mocht niet gewekt worden.

Ja, ja, ja, dacht Herter. En wat droomde hij? Hij zou er heel wat voor over hebben om dat te weten.

'Heeft hij u wel eens een droom verteld, meneer Falk?'

Falk lachte een kort lachje.

'Dacht u dat hij ooit iemand tot zich toeliet? Die man zat in zichzelf opgesloten... als... als... Maar één keer, in de oorlog, ik meen in de winter van tweeënveertig, moet hij een nachtmerrie hebben gehad. Ik werd wakker omdat ik hem hoorde schreeuwen, ik pakte mijn pistool en in pyjama rende ik naar zijn slaapkamer.'

'U had een pistool?'

Van onderuit keek Falk hem aan.

'Er waren veel wapens op de Obersalzberg, meneer Herter. Hij was alleen, juffrouw Braun logeerde een paar dagen bij familie in München. Bij de deur stonden al twee van zijn SS-lijfwachten met machinepistolen, maar zij durfden niet naar binnen, hoewel hij misschien werd vermoord. Die werden meteen de volgende dag overgeplaatst naar het oostfront. Ik rukte de deur open en zag hem verwilderd midden in de kamer staan in zijn nachthemd, gutsend van het zweet, met blauwe lippen, zijn haar in de war, en met een van angst vertrokken gezicht keek hij mij aan. Nooit zal ik vergeten wat hij zei: "*Hij... hij... hij* was hier..."'

Hij? Herter haalde zijn wenkbrauwen op. Hij, voor wie iedereen bang was, voor wie kon hij zelf bang zijn geweest? Wie was die *hij*? Zijn vader? Wagner? De Duivel?

'Maar hoe kon u dat horen? Zei u niet, dat u in een flatgebouw op het terrein woonde?'

Falk wisselde een blik met Julia.

'Tegen die tijd niet meer.'

Hitlers ascetische slaapkamer had geen deur naar de gang, alleen naar zijn werkkamer. Om elf uur legde hij daar hij de ochtendbladen en wat telegrammen op een stoel en riep: 'Goede morgen, mijn Führer! Het is tijd!' Meestal verscheen de chef dan in een lang wit nachthemd en op pantoffels, maar eenmaal liet hij Falk ook binnenkomen. Hij zat op de rand van zijn bed, juffrouw Braun in een blauwzijden peignoir op de grond; in haar schoot hield zij zijn voet en knipte zijn nagels. Het was hem opgevallen, hoe wit die voet was.

'Zo wit was hij over zijn hele lichaam,' vulde Julia aan. 'Nog vóór de oorlog heb ik hem eens naakt gezien, in achtendertig moet dat zijn geweest...'

'Nee,' onderbrak Falk haar, 'in zevenendertig.'

Zij bleef hem even aankijken en begreep blijkbaar ineens waarop hij doelde.

'Ja natuurlijk. In zevenendertig.'

De chef, zei zij, bleef vrijwel altijd tot diep in de nacht op, soms zelfs tot zes of zeven uur in de ochtend, omgeven door zijn vaste kliek, Bormann, Speer, zijn lijfarts, zijn secretaresses, zijn fotograaf, zijn chauffeur, zijn masseur, zijn jonge vegetarische kokkin, een paar ordonnansen en meer van zulke medewerkers; nooit de elite van zijn partij, zijn krijgsmacht of zijn staat.

'Ook daarin bleef hij de weense bohémien,' knikte Herter. 'Wat moeten wij toch van die man denken?'

Julia zelf mocht ook vaak aanschuiven. Terwijl Ullrich voor de drankjes en de hapjes zorgde, keken zij naar een film in de grote zaal met de enorme gobelins, Arno Brekers reusachtige buste van Wagner en het grootste raam ter wereld, waar Hitler zo trots op was. Niet zelden was het een door Goebbels verboden film. Ook draaiden zij platen, Wagner natuurlijk, maar ook een operette als Franz Lehárs *Lustige Witwe*, waarna de chef begon aan een van zijn eindeloze monologen, die zich uitstrekten van het verre verleden tot de verre toekomst, waarbij zijn gasten hun ogen bijna niet konden openhouden, ook omdat zij het allemaal eerder hadden gehoord. Daarna liep hij nog urenlang te ijsberen in zijn werkkamer, terwijl hij 's zomers vaak nog tot zonsopgang op het balkon van zijn werkkamer zat om na te denken in de stilte van het gebergte en de sterren.

'Of om niet te hoeven slapen,' zei Herter, 'want dan zou hij misschien weer met *hem* te maken krijgen. Je moet er trouwens niet aan denken, waarover hij nadacht op dat balkon.'

'Zo is het,' zei Falk. 'Het is maar goed dat de amerikanen dat hele spookslot, of wat er nog van over was na hun bombardement, na de oorlog hebben opgeblazen en met de grond gelijkgemaakt.'

Maar juffrouw Braun, vervolgde Julia, trok zich vaak al om een uur of één terug op haar kamer, waar zij haar dan nog een beker chocolademelk bracht. Die nacht klopte zij aan, maar omdat Blondi in Hitlers werkkamer blafte om de aandacht van haar orerende baas te trekken, hoorde zij niet of juffrouw Braun 'Binnen' had gezegd, zoals altijd. Zij deed de deur open en zag hen midden in de kamer staan, innig omstrengeld, zij met openhangende peignoir, een zwarte dit keer, hij met niets. Zijn vlezige, witte lichaam had iets doods, het had nog nooit de zon gezien; alleen zijn wangen en zijn nek hadden wat kleur, maar dat hield abrupt op, zodat het leek alsof zijn hoofd van een ander lichaam afkomstig was. Julia herinnerde zich nog, dat de deur naar de badkamer openstond en dat er stoom en het geluid van plonzend water uit kwam. Wat zij uitvoerden kon zij niet zien, hij stond met zijn rug naar haar toe en verkeerde kennelijk in staat van opwinding. 'Patscherl...' hoorde zij hem steunen.

'Patscherl?' herhaalde Herter.

'Hij had wel meer van die koosnaampjes voor haar,' zei Julia. 'Feferl, bij voorbeeld.'

'Tsjapperl,' voegde Falk er met een uitgestreken gezicht aan toe. 'Schnacksi.'

Over zijn schouder keek juffrouw Braun haar aan en vergrootte geschrokken haar ogen, waarop zij snel en geruisloos de deur sloot. Goddank had hij niets gemerkt.

'Dat had nog heel verkeerd kunnen aflopen,' zei Falk. 'Als ze een kwartslag anders hadden gestaan, had ons dat binnen tien minuten het leven kunnen kosten.' Met een zakdoek bette hij even zijn ogen, maar dat had niets met emotie te maken, alleen met ouderdom.

Er werd geklopt en zonder op antwoord te wachten verscheen een kleine, baardige man in een bruine stofjas. Na een snelle blik in de kamer, vroeg hij met een glimlach die Herter niet helemaal beviel:

'Bezoek?'

'Zoals u ziet,' zei Falk zonder hem aan te kijken.

De man wachtte even op een nadere verklaring; toen die niet kwam, haalde hij de vuilniszak uit een keukenkastje en verdween zonder een woord.

Er viel een stilte, die Herter met opzet niet verbrak. Voor de meeste levenden was Hitler intussen alleen nog een gestalte uit geweldsfilms of kluchten, maar hier deze Julia en Ullrich Falk zaten tot hun nek vol herinneringen aan die verzonken tijd, zij waren ter plekke geweest, voor hen was het allemaal gisteren, en zij zouden nog eindeloos kunnen doorpraten over hem, al was het maar om uit te stellen wat zij eigenlijk wilden zeggen. Toen de stilte pijnlijk begon te worden, gebeurde er wat hij had gehoopt. De twee wisselden een blik, waarna Falk opstond en even op de gang keek of er niet iemand aan de deur luisterde. Hij ging weer zitten en zei:

'Op een dag in mei achtendertig, kort na de *Anschluss*, bleken er gasten te zijn; samen met mevrouw Mittlstrasser, de vrouw van de huismeester, waren we bezig de tafel te dekken voor de lunch. Dat moest altijd heel zorgvuldig gebeuren, want de chef liet zich soms op een knie zakken om met één oog te controleren of alle glazen wel precies in het gelid stonden.'

'Dat was zijn architectonische oog,' knikte Herter. 'Zo keek hij ook naar Speers maquettes van Germania en naar zijn aangetreden troepen.'

'Opeens verscheen Linge in de eetzaal en meldde, dat de Führer ons wenste te spreken.'

'Linge?' vroeg Herter.

'Dat was de opvolger van Krause.'

'We schrokken ons dood,' zei Julia. 'Als hij iets van ons wilde, belde hij altijd zelf, we werden nooit officieel ontboden.'

Boven, in zijn werkkamer, waar hij met geschreeuw en dreigementen hele landen op de knieën had gedwongen, zat een klein gezelschap op de brede bank en in de fauteuils: de chef en juffrouw Braun, Bormann, de massale hofmaarschalk Brückner en de huismeester, ook een officier. Geïntimideerd bleven zij staan; er hing spanning in de kamer, maar Brückner gaf Linge opdracht twee stoelen te halen uit de bibliotheek. Dat was in elk geval geruststellend, maar het maakte de situatie alleen nog onbegrijpelijker. Wat moesten zij, twee nederige domestieken van in de twintig, bij al die hoge heren? Toen zij zaten, op rechte boerenstoelen, kreeg Linge van Brückner een korte blik die uitdrukte, dat hij nu onmiddellijk moest verdwijnen.

Terwijl zijn sierlijke hand rustte op de nek van Blondi, die met gespitste oren naast zijn fauteuil zat als een trots wezen uit een andere, onschuldiger wereld, zei Hitler dat dit ongetwijfeld de belangrijkste dag uit hun leven was, want hij had besloten een wereldhistorische taak op hun schouders te leggen. Hij liet een stilte vallen en keek even naar de cheffin, die bleek tussen de twee officieren Brückner en Mittlstrasser op de bank zat.

'Meneer Falk, mevrouw,' zei Hitler vormelijk, 'ik zal u een staatsgeheim verraden: juffrouw Braun verwacht een kind.'

11

'Nee!' riep Herter. 'Het is niet waar!'

Was dit mogelijk? Verbijsterd probeerde hij het tot zich door te laten dringen. Hadden die twee stokoude mensen hier in dit bejaardenhuis meer dan zestig jaar geleden werkelijk die woorden te horen gekregen uit die mond onder de vierkante snor? Het was misschien niet wereldhistorisch, maar in elk geval wereldschokkend. Hitler een kind! Dat was toch wel het laatste wat hij zelf had kunnen verzinnen – maar zo zat de werkelijkheid blijkbaar in elkaar: zij was de verbeelding steeds een stap vooruit. Liefst wilde hij nu in tien zinnen te weten komen, hoe het verder was gegaan. Waar was dat kind? Leefde het nog? Maar zijn instinkt zei hem, dat hij hen hun eigen tempo moest laten bepalen; zij waren oud, alles ging dan langzamer, ook het vertellen van een verhaal.

'Wij waren net zo geschokt als u,' zei Julia. 'Wij begrepen er niets van. Dat juffrouw Braun zwanger was van de chef was op zichzelf niet zo bijzonder. Zulke dingen gebeuren nu eenmaal, ook in vorstelijke kringen, vooral daar vermoedelijk. Het was mij trouwens al opgevallen, dat zij de laatste weken steeds weer haringen en augurken wilde eten. Maar wat hadden wij daar allemaal mee te maken? Wat was dat voor taak, die wij op onze schouders kregen?'

Dat werd hun vervolgens uitgelegd door Bormann. Het probleem, zei hij, was dat alle duitse vrouwen graag een kind van de Führer wilden hebben. Hun zonen noemden zij sowieso al Adolf. Als hij nu met juffrouw Braun zou trouwen, en als vervolgens ook nog zou blijken dat hij vader werd van een kind, zogenaamd twee maanden te vroeg geboren, dan zouden zij het gevoel krijgen dat hij hen bedrogen had, en dat was om politieke redenen onwenselijk, – ten slotte hadden vooral de vrouwen hem destijds aan de macht gebracht. Brückner schoot in de lach en zei dat de *Reichsleiter* de dingen toch altijd bondig wist voor te dragen. Juffrouw Braun zat zich kennelijk te ergeren, maar ook de chef moest even lachen, waarbij zijn ogen een moment helemaal wegdraaiden, alsof zij naar binnen keken, de duisternis van zijn schedel in.

'En waaruit bestond uw taak?' vroeg Herter, nog steeds niet van zijn verbazing bekomen.

'Dat het ons kind moest lijken,' zei Falk.

Herter zuchtte. Zijn eigen verhaal kon hij nu wel vergeten, zijn literaire zoon Otto incluis, maar dat kon hem niet meer schelen. Hij wilde nu alleen nog luisteren naar het hunne.

Die ochtend bemoeide de chef zich er verder niet meer mee. Apathisch, alsof het hem niet aanging, deed hij zich met afhangende schouders te goed aan het gebak en keek uit het raam naar het wilde, ontzagwekkende rotsmassief van de Untersberg, grijs als sigarettenas boven de boomgrens, met hier en daar nog sneeuw. Volgens een zuidduitse sage sliep daarin de Staufenkeizer Frederik I Barbarossa, tot hij zijn ogen zou opslaan en in de eindafrekening met de joodse Antichrist het Duizendjarige Rijk zou vestigen, waarbij op de vlakte van Salzburg het bloed tot aan de enkels zou staan. Vermoedelijk had hij toen al de codenaam bedacht voor zijn overval op de Sovjet-Unie, drie jaar later: *Fall Barbarossa.*

Het draaiboek dat hij en zijn intimi ontworpen bleken te hebben, werd in de volgende maanden en jaren stap voor stap uitgevoerd. Allereerst, die week nog, moesten Ullrich en Julia verhuizen naar de Berghof zelf. Twee logeerkamers aan dezelfde gang waarop de kamers van de chef en de cheffin uitkwamen, tot dan toe uitsluitend bestemd voor persoonlijke gasten, zoals de familie van de cheffin, werden ontruimd en voor hen ingericht. Als reden zou opgegeven worden, dat de Führer en juffrouw Braun hun persoonlijke bediendes dichter in hun nabijheid wilden hebben. Voor de rest van de oorlog kreeg Falk vrijstelling van militaire dienst. Ook moesten zij op korte termijn naar huis schrijven, dat zij een kind verwachtten, en Bormann die brieven voorleggen, zoals hij ook verder al hun uitgaande post zou controleren. Bovendien gaf hij hun te verstaan, dat zij het uit hun hoofd moesten zetten om nu zelf nog kinderen te krijgen, – dat zou als insubordinatie opgevat worden. Het had voor de hand gelegen als Hitlers lijfarts, dr. Morell, een voormalig modedokter aan de Kurfürstendamm, gespecialiseerd in geslachtsziekten van de society, was belast met de zorg voor juffrouw Braun, maar dat had achterdocht gewekt; de andere personeelsleden waren aangewezen op de SS-garnizoensarts, maar die zat te dicht bij het vuur. Daarom werd besloten de huisarts van Berchtesgaden in te schakelen, dr. Krüger, een al wat oudere, gedistingeerde heer met een verzorgde witte snor en een vlinderdas, die een zekere mevrouw Falk als patiënte kreeg. Door Bormann persoonlijk werd hij beëdigd en verkapt geïntimideerd. Juffrouw Braun was blij met die gang van zaken, want een dokter in uniform stond haar tegen; bovendien vond zij dat Morell stonk.

Vervolgens kreeg de tijd zijn werk te doen. Na een maand of vier, in juli, toen de buik van juffrouw Braun ook door kleding niet meer onopvallend te verhullen was, ging de tweede fase in. Op een middag, toen de chef in Berlijn was, kwam een auto met een onbekende chauffeur voorrijden die haar lege koffers inlaadde, terwijl zij afscheid nam van de secretaresses en Julia, aangezien zij voor een langdurige kunstreis naar Italië vertrok. Ook de secretaresses geloofden dat niet, – het was natuurlijk uit tussen haar en de Führer, maar niemand waagde het daarop te zinspelen. Er vloeiden tranen, maar juffrouw Braun hield zich goed. Voor de chauffeur, een Gestapoman natuurlijk, die geleerd had niets te vragen, was zij een zekere juffrouw Wolf; hij reed naar Linz, waar iets gegeten werd in de raadskelder, en diep in de nacht keerden zij terug op de Berghof, zonder door een van de talloze wachtposten aangehouden te zijn. Julia had dat allemaal gehoord van juffrouw Braun zelf.

Herter moest zich dwingen om niet met open mond te luisteren, sinds zijn kinderjaren was hij niet zo in de ban geslagen door een verhaal. Maar het was geen verhaal – dat wil zeggen, het was niet verzonnen, het was, zoals de kinderen zeggen, 'echt gebeurd', want het was ondenkbaar dat die twee stokoude mensen hier in Eben Haëzer zoiets zouden kunnen verzinnen.

Tot haar bevalling in november mocht juffrouw Braun nu de Führervleugel niet meer uit. Zij mocht zich niet aan de ramen vertonen en 's avonds mocht er geen licht te zien zijn in haar kamer. Alleen de samenzweerders hadden nog toegang tot haar, en van toen af kreeg Julia de rol van zwangere vrouw uit te beelden. Iedere ochtend ging zij met juffrouw Braun voor de spiegel staan en propte allerlei lappen, handdoeken en naderhand kussens onder haar kleren om de groei van het Führerkind natuurgetrouw te weerspiegelen. Dat ging gepaard met veel pret, en juffrouw Braun wilde ook altijd precies horen hoe er beneden werd gereageerd op Julia's blijde verwachting. Vooral Hitler zelf schepte er behagen in om in gezelschap te informeren, hoe zij zich voelde. Ook placht hij haar 's avonds, in verband met haar toestand, vroeg naar bed te sturen.

'Ik moest natuurlijk oppassen,' zei Falk, 'dat mijn vrouw niet echt zwanger werd, dan was het hele plan in duigen gevallen en dan had Bormann ons vernietigd. Dat was vroeger moeilijker dan tegenwoordig – niet het vernietigen, bedoel ik, maar het niet-zwanger-worden.'

'Ik weet er alles van,' zuchtte Herter, 'dat heb ik zelf ook allemaal nog meegemaakt. En waarmee bracht juffrouw Braun die maanden haar dagen door?'

Omdat zij natuurlijk iets te vertellen moest hebben in november, en beter niet kon beweren dat zij op de Piazza San Marco in Florence koffie had gedronken en in Rome de Uffizi had bezocht, werd zij door de aanstaande vader voorzien van Baedekers, kunstboeken en de standaardwerken van Burckhardt, *Die Kultur der Renaissance in Italien* en *Cicerone*. Met Blondi aan haar voeten studeerde zij er dagelijks in, – meestal aan Hitlers massale, eikenhouten schrijftafel als hij er niet was. Maar om haar te steunen was hij er vaak gedurende die maanden; daarom ook liet hij tijdens zijn voorbereidingen om Tsjechoslowakije te verpletteren Chamberlain niet naar Berlijn komen maar naar de Berghof. Naast haar bed lag Goethes *Italienische Reise*. Zij was de hele dag in peignoir, haar ondergoed waste Julia in het bad. Omdat Julia, zwanger als zij was, liever rustig in haar kamer at, maar toch over grote eetlust bleek te beschikken, ging Falk steeds met een driedubbele portie naar boven. Ook liet majordomus Mittlstrasser een van hun vertrekken nu met een oudduitse wieg en een commode van beiers houtsnijwerk inrichten tot babykamer.

'Op het laatst,' zei Julia, nadat zij weer een sigaret had opgestoken, 'kreeg ik het gevoel of ik echt op alle dagen liep. Ten slotte moest ik het kalmer aan doen, zoals dr. Krüger tegen de zogenaamde mevrouw Falk had gezegd, aangezien ik zogenaamd sneller moe was, en ik weet nog dat ik me soms zelfs onwillekeurig een beetje beledigd voelde als hij kwam voor controle en mij natuurlijk niet te zien kreeg.'

Steeds als hij bij de Berghof kwam voorrijden in zijn pruttelende, twee takt DKW, die van papier-maché gemaakt leek te zijn, bracht hij een sfeer van beschaving met zich mee. Toen, in de namiddag van de negende november, begonnen de barensweeën. De hele dag was het al onrustig in huis, er was kennelijk weer iets politieks aan de hand. Beneden in de grote zaal, waar een aantal functionarissen verzameld was, allen in uniform, zat Hitler onafgebroken te telefoneren, ook met Göring en Himmler in Berlijn; dat kon Falk horen omdat hij hen met hun achternaam aansprak en 'u' zei; de enige die hij ooit had getutoyeerd scheen Röhm te zijn geweest, de leider van de SA, maar die had hij al een paar jaar geleden laten executeren. Ook Bormann was er natuurlijk. Intussen werd juffrouw Braun naar het appartement van de Falks gebracht, waar zij moest bevallen, want het krijsen van moeder en kind moest uit de juiste richting komen. Ook posteerde zich naast de Berghof een ambulance van de SS, voor het geval zich een probleem zou voordoen en mevrouw Falk naar het hospitaal in Salzburg gebracht moest worden. Julia had zich van de lappen en kussens ontdaan en hielp dr. Krüger bij de bevalling, die tegen middernacht plaatsvond.

'En?' vroeg Herter.

'Een jongen,' zei Julia. Zij keek even naar de foto op het televisietoestel en plotseling stonden er tranen in haar ogen.

Vragend keek Herter naar Falk, die knikte.

'Dat was al in de oorlog. Die foto heeft juffrouw Braun genomen.'

'Mag ik even?'

Herter stond op en bekeek de foto van dichtbij. In een witte bloes, een korte witte broek en witte kniekousen, terwijl hij een hap van een boterham nam, stond de kleine jongen wijdbeens en zelfverzekerd op een terras. De blik in zijn ogen leek inderdaad iets te hebben van het doorborende, dat zijn vader kenmerkte. Zijn vader? Was dit werkelijk de zoon van Hitler? De gedachte kwam Herter nog steeds volkomen absurd voor, maar waarom eigenlijk?

'Er zat suiker op die boterham,' zei Julia. 'Die had ik zelf gesmeerd. Dat ben ik, naast hem.'

Nu hij het wist, kon hij het zien. De slanke jonge vrouw van achter in de twintig schemerde nog steeds door Julia heen, als een gestalte achter matglas, terwijl omgekeerd niets te vermoeden viel van de dikke, stokoude dame, waarin zij zou veranderen. Herter draaide zich om.

'Hoe heette hij?'

'Siegfried,' zei Falk met een zucht, die tegelijk een zucht van opluchting leek, omdat hij zich nu eindelijk bevrijd had van zijn levenslange geheim.

'Natuurlijk,' zei Herter, terwijl hij zijn hand even ophief en weer ging zitten. 'Siegfried. Ik had het kunnen weten. De grote germaanse held die de angst niet kende. Zo heeft Wagner zijn zoon ook genoemd. En hoe reageerde de chef op de geboorte van zijn zoon?'

Hofmaarschalk Brückner had hem beneden op de hoogte gesteld, vertelde Falk, en toen hij bleek de kamer binnenkwam, op zijn hielen gevolgd door Bormann, en zijn Patscherl daar zag liggen met zijn kind aan haar borst, was het alsof het nauwelijks tot hem doordrong wat er gaande was. Zijn gedachten waren heel ergens anders – namelijk bij zijn eerste pogrom, die hij voor diezelfde nacht had bevolen. Zoals zij de volgende dag hoorden, brandden overal in Duitsland en Oostenrijk de synagogen en werden de ruiten van joodse winkels ingeslagen. 'Reichskristallnacht' werd dat later genoemd, – het was dezelfde negende november, waarop in 1918 de duitse keizer was afgedankt, waarop in 1923 Hitlers putsch in München was mislukt, en waarop in 1989 de berlijnse Muur was gevallen.

'Het definitieve einde van zijn optreden en van de gevolgen daarvan,' zei Herter, 'kwam dus 66 jaar na het begin. Bijkans het Getal van het Beest. Precies honderd jaar na zijn geboorte.' Op een sinistere manier klopte altijd alles bij Hitler.

Maar de chef herstelde zich snel en het zag er naar uit, dat hij nu plotseling zijn pogrom was vergeten. Juffrouw Braun was dolgelukkig dat zij hem geen dochter had geschonken, en nadat hij haar een stijve handkus had gegeven, legde Julia voorzichtig de baby in zijn armen. Hij wist niet goed raad met zijn houding, drukte Siegfried tegen het IJzeren Kruis op zijn borst, keek in een soort onhandige extase om zich heen en zei plechtig:

'Ein Kind ward hier geboren.'

Huismeester Mittlstrasser fluisterde eerbiedig dat dit een citaat was uit een opera van Wagner. Alleen Bormann, meldde Julia, leek op een of andere manier niet gesticht door de komst van het kind; hij keek er naar alsof hij het 't liefst om zijn Ausweis zou vragen.

Vervolgens brak er nog een precaire periode aan. Ullrich reed met Mittlstrasser naar de Burgerlijke Stand in Berchtesgaden om het kind aan te geven: *Siegfried Falk* – in plaats van *Siegfried Braun*. In het kraambed ontving Julia de volgende dagen visite van de secretaresses en andere personeelsleden, terwijl haar kamer veranderde in een bloemenwinkel. Ook haar ouders mochten naar de Berghof komen. Dat was, zei Julia, voor haarzelf het moeilijkste moment van die hele komedie: toen haar moeder met tranen van geluk in haar ogen haar zogenaamde kleinkind in haar armen nam. Haar vader daarentegen, die in SS-uniform was, leek meer gefascineerd door het Heilige der Heiligen waar hij zich bevond dan door zijn kleinzoon.

Na een week mocht de zogenaamde mevrouw Falk, en daarmee dus ook Julia, weer voorzichtig aan het werk van dr. Krüger. Juffrouw Braun, die haar kind in het geheim de borst gaf, keerde tegen die tijd ook zwak en vermoeid terug van haar verre reis, – in het diepst van de nacht, zoals zij zei, en in zekere zin was dat niet gelogen. De grote borsten die zij nu plotseling had, liet zij na de voeding steeds door Julia afbinden met een zijden shawl; bovendien droeg zij wijde wollen truien, want het was koud op de Berghof na Sicilië, waar zij onlangs nog de Vesuvius had beklommen. Falk vertelde, dat Speer tijdens de welkomstlunch verwonderd had herhaald: 'De Vesuvius? Op Sicilië? U bedoelt natuurlijk de Etna.' Allicht, de Etna, had juffrouw Braun blozend gezegd, – de Vesuvius, de Etna... dat haalde zij altijd door elkaar. Waarop de chef tussen twee happen van zijn uit groente samengestelde schijnbiefstuk zei, dat die twee vulkanen in zekere zin de verschijningsvorm waren van één en dezelfde oervulkaan, net als hijzelf en Napoleon.

12

Er werd weer geklopt, maar dit keer werd er gewacht tot Julia 'Binnen' had geroepen. Een gezette vrouw van in de veertig, met kuiten als omgekeerde champagneflessen, verscheen in de kamer.

'Meneer Herter,' stelde Falk hem voor. 'Mevrouw Brandtstätter. Mevrouw Brandtstätter is onze directrice.'

Herter stond op en reikte haar de hand, waarop zij hem een paar seconden verbaasd bleef aankijken, alsof hij de laatste was die zij had verwacht.

'Heb ik u eergisteren niet op de televisie gezien?'

Het was Herter meteen duidelijk, dat hij ter plekke een verklaring moest verzinnen voor zijn aanwezigheid. Wat deed een beroemd buitenlands schrijver, die zelfs op de televisie verscheen, bij dit arme oude echtpaar in haar bejaardentehuis in een uithoek van Wenen? Zij vertrouwde het niet; vermoedelijk wist zij wie zij in huis had – al wist zij niet wat hijzelf nu wist – en wilde zij hen beschermen.

'Net als meneer en mevrouw Falk. Wij halen oude herinneringen op. Meneer en mevrouw Falk zijn naar mijn lezing gegaan om te weten te komen of ik dezelfde ben als de jonge schrijver, die zij veertig jaar geleden toevallig eens hebben ontmoet.'

'En?' vroeg de directrice, terwijl zij van de een naar de ander keek.

'Ik verander nooit,' zei Herter, met zoiets als een glimlach.

Zij zei dat zij verder niet wilde storen, en zonder te zeggen waarom zij eigenlijk was gekomen nam zij afscheid.

'Als mevrouw Brandtstätter nog mocht vragen hoe dat zat met onze ontmoeting,' zei Herter na haar vertrek, 'moet u zelf maar wat bedenken. Ik weet niet hoe veertig jaar geleden uw omstandigheden waren.'

'Die waren toen weer heel redelijk,' zei Falk, 'na een tijdlang minder redelijk te zijn geweest. Na de oorlog zaten we twee jaar lang in een amerikaans interneringskamp.'

Julia stond op, drukte haar sigaret uit en vroeg:

'Wilt u misschien een boterham? Ik schaam mij dat wij u zo lang ophouden.'

Herter keek op zijn horloge: kwart voor één. Hij zou misschien eigenlijk Maria even moeten bellen, maar het leek hem onverstandig om de intimiteit te doorbreken.

'Ik wil graag een boterham, en het zou toch vreemd zijn als ik zou zeggen dat het zoetjesaan mijn tijd wordt als ik hoor, dat Hitler een zoon had. Beseft u beiden eigenlijk wel hoe sensationeel het is wat u mij heeft verteld? Als u dat had aangeboden aan *Der Spiegel* en nog tien van zulke bladen overal in de wereld, had u er miljoenen voor gekregen. Dan had u niet in dit flatje in Eben Haëzer gewoond, maar in een villa zo groot als de Berghof, met uw eigen personeel.'

Falk kreeg plotseling iets koels in zijn ogen.

'Dat geldt voorlopig dus ook voor u. U heeft daarstraks ook een eed gezworen.'

Met een beschaamdheid die niet helemaal gespeeld was, boog Herter even zijn hoofd. Falk had hem op zijn nummer gezet. Wie zou hem trouwens geloven? En na de dood van de Falks, zonder getuigen, zou hij nog minder geloofd worden. Hij zou geprezen worden voor zijn fantasie, en er misschien weer een literaire prijs voor krijgen, maar geloven zou niemand hem.

'Daarbij komt,' zei Falk, 'dat u nog niet de helft hebt gehoord.'

In het keukentje drukte Julia met haar linkerarm een groot, rond, donkerbruin brood tegen haar borst en met een lang mes sneed zij er dunne plakken af op een manier, die hem deed rillen. Nergens ter wereld werd brood zo gekeeld. Hij kreeg ook een glas bier, en toen hij zijn tanden zette in de snee, gesmeerd met ganzenvet en mierikwortel en kwistig bestrooid met zout, overviel hem weer het gevoel van oorsprong, dat hij alleen in Oostenrijk had. Het smaakte hem beter dan een onbetaalbare lunch in een driesterrenrestaurant in Riquewihr.

'En toen?' vroeg hij: de centrale vraag van alle vertellerij.

Toen brak de gelukkigste tijd van hun leven aan.

Natuurlijk werden zij scherper in de gaten gehouden dan vroeger en familiebezoek aan Wenen was er niet meer bij. Elk half jaar mochten de misleide grootouders een middagje op de Berghof verschijnen, waarbij Julia's vader elke keer weer teleurgesteld was omdat hij zijn Führer niet te zien kreeg. Het kwam er op neer dat zij eigenlijk gevangenen waren, maar hun kleine Siggi, die hun Siggi niet was, maakte alles goed. De eerste drie jaar, toen hij tien landen veroverde, was de chef meer op de Berghof dan in Berlijn. Daar ontving hij koningen en presidenten die hij bedreigde en uitschold, zodat het tot in de keuken te horen was, waarna zij door een plotseling allerbeminnelijkste Führer een maaltijd aangeboden kregen en nog steeds bevend van angst langs de gehelmde SS-erewacht met gepresenteerd geweer naar hun auto gingen, in het besef dat hun land verloren was. Tot verdriet van juffrouw Braun was haar verloofde aanvankelijk niet erg geïnteresseerd in zijn zoontje. Hij mocht dan de oppermachtige Führer zijn, die de wereldheerschappij op het oog had, voor vader was hij kennelijk niet in de wieg gelegd: daarvoor was hij zelf te veel een moederszoontje. Bovendien was het kind hem vermoedelijk nog te klein en te inwisselbaar met andere baby's en peuters.

Tegen Falk zei hij eens, dat het hoogstwaarschijnlijk niets zou worden met die jongen, want grote mannen kregen altijd onbeduidende zonen: dat zag je aan August, de zoon van Goethe. Maar zijn onbeduidendheid zou in dit geval op Falks conto komen. Dat Siegfried überhaupt bestond, had hij te danken aan de smeekbeden van juffrouw Braun, die hij door zijn drukke werkzaamheden in dienst van het duitse volk al zo vaak alleen moest laten. Hij verbood Falk, zijn opmerking aan juffrouw Braun door te vertellen, maar Julia was er net zo door geschokt als juffrouw Braun geweest zou zijn. Naar mate de jaren verstreken kreeg zij trouwens steeds sterker het gevoel, dat het kind inderdaad eigenlijk van haarzelf was, want zo werd het door iedereen behandeld, in het openbaar ook door de zeven ingewijden. Toen het bij mevrouw Podlech op het kleuterschooltje mocht, dat Bormann op de Berghof had ingericht voor zijn eigen kinderen, die van Speer en die van nog een paar andere hooggeplaatsten, zoals het dochtertje van Göring, was zij beslist trotser dan de echte moeder. Het kwam niet ter sprake, maar misschien vocht juffrouw Braun met eenzelfde gevoel van jaloezie. Als Siggi pijn of verdriet had, kwam hij niet bij haar maar bij Julia uithuilen; als hij een nachtmerrie had gehad, kroop hij bij Julia in bed, niet bij zijn moeder.

Ach, die schitterende, verblindende winterdagen van '41 en '42 in de metershoge sneeuw, voor de ramen de doorzichtige slagtanden van de ijspegels, en die gezellige oudejaarsavonden met het 'loodgieten', waar dr. Goebbels ook een keer bij was. Kende men die traditie in Nederland?

'Nee,' zei Herter, 'maar bij mij thuis wel.'

Op zolder werd gezocht naar een of ander stuk loden pijp, die in een oude koekepan op het vuur werd gezet. Nog zag hij het grauwe vel op het gesmolten lood en hoe zijn vader hem de tinnen lepel reikte, waarmee hij iets er van moest opscheppen en in een schaal met water moest laten glijden. Het vormsel, dat dan met groot gesis ontstond, werd opgevist en door iedereen becommentarieerd, want het voorspelde de toekomst.

Falk draaide zich half om en rommelde even in een la. Hij haalde er een langwerpig, glimmend ding uit, niet groter dan een pink, dat hij Herter aanreikte.

'Deze is van Hitler. Die heb ik bewaard. Zegt u het maar. Ik herinner mij nog, dat hij er ontevreden over was.'

Gefascineerd keek Herter naar het bizarre vormsel. Natuurlijk wist hij dat het ontstaan was door de wetten van het toeval, – dat wil zeggen, bepaald door de hoogte van de lepel boven het water en de snelheid waarmee het lood er in gegoten was, en dat het ook van ieder ander had kunnen zijn. Maar tegelijk wist hij dat het niet van een ander was, maar van Hitler. Hij had het gemaakt en hij had het niet gemaakt. In de verte deed het hem denken aan een basilisk, waarover Thomas Mann geschreven had, – maar hij was er niet zeker van dat hij dit ook gedacht zou hebben als hij had gehoord, dat het ding van Gandhi afkomstig was. Om een of andere reden deed de aanblik van het metaal hem aan Hitlers doodsbleke voorhoofd denken. Toen hij het zonder commentaar terug wilde geven, zei Falk:

'Ik schenk het u.'

Herter knikte en stopte het zwijgend in de borstzak van zijn overhemd. Iets weerhield hem er van om hem te bedanken.

En dan die lange zomermiddagen op het grote terras boven de garage, of in het zwembad bij Görings villa... Ook waren er nu en dan tochtjes van juffrouw Braun naar haar familie in München, of naar een vriendin in Italië, waarbij zij Julia niet kon missen, die op haar beurt haar zoontje niet alleen kon laten; op de voorbank zaten de chauffeur en een Gestapoman, terwijl zij op de achterbank met hun drieën spelletjes speelden. Siggi groeide op tot een hyperactief kereltje dat geen moment zijn mond kon houden en geen moment stil kon zitten. Zonder onderbreking kletste hij door, ook tegen Blondi en de hondjes van juffrouw Braun; als hij iets deed, zei hij bovendien dat hij dat deed, terwijl hij zich tegelijkertijd achterover in een fauteuil liet vallen, de kussens stompte, koppeltjedook, op zijn hoofd ging staan of als een monstertje over de grond kroop, tegelijkertijd mama of tante Effi of oom Wolf aanroepend of zij wel zagen wat hij uitvoerde.

Oom Wolf, herhaalde Herter in gedachten. Wat had Hitler met wolven? Alleen het feit, dat ook zij roofdieren waren? In de jaren twintig was 'Wolf' zijn schuilnaam; zijn latere hoofdkwartieren in Oost-Pruisen, Rusland en Noord-Frankrijk heetten 'Wolfsschanze', 'Werwolf' en 'Wolfsschlucht'. Ook Blondi leek op een wolf; een van de pups die zij tegen het eind van de oorlog kreeg, en die hij zelf wilde opvoeden, had hij 'Wölfi' genoemd. *Homo homini lupus* – de mens is de mens een wolf. Zat dat zelfinzicht er achter?

In de zomer van '41 was *Fall Barbarossa* in werking getreden, – maar, zei Falk, wat hemzelf betrof ging dat eigenlijk aan hem voorbij. Ook hij was ooit helemaal onderaan begonnen als politiek activist, met een revolver in zijn hand, maar sinds de grote politiek zich onder zijn ogen voltrok, terwijl hij koffie en gebak serveerde, kon hij haar niet meer bevatten en verloor hij zijn belangstelling voor haar. Pas na de oorlog was het tot hem doorgedrongen wat de chef allemaal had uitgespookt in die dagen, bij voorbeeld wat hij met Himmler had besproken op hun lange wandelingen naar het theehuis, met bergstokken en met zonnebrillen op, buiten gehoorsafstand van het gevolg. Zelfs Fegelein was daar nooit bij.

'Fegelein?' herhaalde Herter. 'Wie was Fegelein?'

'SS-Gruppenführer Hermann Fegelein,' zei Falk. 'Een charmante, jonge opperofficier, de persoonlijke vertegenwoordiger van Himmler bij Hitler. "Himmlers oog" werd hij genoemd. Op aandringen van Hitler was hij getrouwd met juffrouw Brauns zuster Gretl. Dat was natuurlijk om juffrouw Braun meer aanzien te geven aan het hof, als de schoonzuster van generaal Fegelein. Bij hun huwelijk gaf Hitler een groot feest, maar Fegelein moest weinig van Gretl hebben.'

'Die bleef intussen achter de vrouwen aan zitten,' zei Julia met een gezicht, waaruit sprak dat er gradaties van slechtheid waren. 'Vreselijke scènes waren dat elke keer weer.'

Achter het oostfront, vervolgde Falk, werden toen al tienduizenden vermoord en in de zomer van '42 begonnen de eerste treinen door Europa naar de vernietigingskampen te rollen. Hij schudde even zijn hoofd, alsof hij zelf nog steeds niet kon geloven wat hij zei.

'Alles liep zoals hij zich dat van meet af aan in zijn hoofd had gezet. Van dag tot dag kwam zijn grote levensdoel dichterbij, de totale vernietiging van het jodendom, zonder dat iemand van ons daar een vermoeden van had. Juffrouw Braun ook niet.'

'Achteraf denken wij,' zei Julia, 'dat hij toen in een roes verkeerde. Hij was er van overtuigd, dat hij nu tot in alle eeuwigheid beschouwd zou worden als de redder van de mensheid en de grootste figuur uit de wereldgeschiedenis. Daardoor veranderde ook zijn verhouding tot zijn zoontje.'

Het viel iedereen op, dat hij meer aandacht aan hem begon te besteden, althans wanneer er geen oningewijden in de buurt waren. Falk had eens gezien, dat hij Siggi op zijn arm had in zijn werkkamer en hem iets vertelde, waarbij hij naar buiten wees, naar de Untersberg. Of hij had Siggi op schoot en tekende een rustiek weens stadsgezicht voor hem, wat hij heel goed kon, want hij had talent en een fotografisch geheugen; dan had hij zijn leesbril op, waarvan Duitsland het bestaan niet mocht weten. Een andere keer – kort na het verwoestende bombardement op Hamburg in juli '43 – zat hij geknield op de grond en zij speelden samen met een Schuco, die hij hem had gegeven: een speelgoedautootje uit die dagen, dat je moest opwinden en via een draad uit het dak kon besturen. Om geen achterdocht te wekken, kon hij hem natuurlijk alleen heel eenvoudige cadeaus geven. En tegen Bormann hoorde Julia hem eens op het terras zeggen, waar juffrouw Braun bij was:

'Misschien sticht ik wel een dynastie. Dan adopteer ik Siegfried, net als Julius Caesar met de latere keizer Augustus heeft gedaan.'

Hij zei het lachend, maar misschien was het toch meer dan een grap. Van hem kon je alles verwachten.

13

Steeds vaker betrok Hitler weken- of maandenlang zijn hoofdkwartier in Oost-Pruisen. Aan het russische front rukten de joods-bolsjewistische beestmensen sinds de Slag bij Stalingrad onrustbarend op, en ook in Noord-Afrika ging de zaak niet meer naar wens, zodat Jeruzalem, het joodse doel van de veldtocht, helaas afgeschreven moest worden; intussen veranderden ook de duitse steden onder de anglo-amerikaanse terreurbombardementen de een na de ander in ruïnes, met honderdduizenden doden, maar niemand van het personeel wilde de toestand onder ogen zien, zelfs niet na de invasie van juni '44: zo lang de Führer onwrikbaar aan de eindoverwinning geloofde, hoefde men zich geen zorgen te maken over zijn eervolle betrekking aan het hof. Het geheime wapen, dat volgens Goebbels in ontwikkeling was, zou binnenkort de oorlogskansen op slag doen keren. In werkelijkheid werd dat toen in Amerika gesmeed, als het wagneriaanse zwaard *Nothung*, onder leiding van uit Duitsland verjaagde joodse geleerden. Intussen, begreep Herter, begon het systeem onder leiding van Bormann al de grond in te kruipen. Sinds een jaar legden honderden buitenlandse dwangarbeiders dag en nacht onder het hele terrein een kilometerslang labyrint aan van gangen en bunkers, dat alle gebouwen met elkaar verbond, en waar in alles voorzien was, van de met kostbaar hout gelambriseerde en met handgeknoopte tapijten belegde vertrekken van de chef en de cheffin tot een kennel voor Blondi, keukens, voorraadkamers, kinderverblijven, kantoren, archieven, een hoofdkwartier, telexkamers, een Gestapocentrale, met overal mitrailleursnesten op strategische punten van het stelsel, bovengronds bekroond door geschutskoepels met snelvuurkanonnen.

Ook juffrouw Braun sloot zich af voor de werkelijkheid van de oorlog, die zich op de Obersalzberg alleen nog kenbaar maakte door middel van gedempte, onderaardse detonaties. Een enkele keer was er luchtalarm, wat kennelijk meteen werd gemeld bij de chef, want steevast belde hij een paar minuten later om er bij juffrouw Braun op aan te dringen, naar de schuilkelder te gaan. Zij was verdrietig als haar Adi uithuizig was, maar zij had nu haar zoon en het portret van haar minnaar hoefde Julia niet meer naast haar bord te zetten. Toch kon het ook haar niet ontgaan, dat de beklemming op slag uit de Berghof week als de colonne zwarte Mercedessen onder motorescorte om de hoek was verdwenen, – met medeneming van alles en iedereen, Bormann, Morell, Brückners opvolger Schaub, Heinz Linge, de secretaresses, de kokkin, Blondi en twintig grote koffers met de bagage van de chef: er werden sigaretten opgestoken en plotseling was nu en dan gelach te horen, ook uit de kwartieren van de SS-manschappen; ergens vandaan weerklonk zelfs al een amerikaanse jazzplaat op een koffergrammofoon, ontaarde negermuziek dus, zoals het water van een buiten haar oevers getreden rivier door de dijk begint te sijpelen. Ook de andere autoriteiten verlieten dan de berg, die plotseling betekenisloos was geworden. Julia herinnerde zich nog, dat mevrouw Speer eens bij het afscheidnemen van juffrouw Braun tegen haar, Julia, had gezegd dat Siggi steeds meer op haar ging lijken. Juffrouw Braun moest een beetje lachen en trok tegelijkertijd een pruillip.

'Half juli '44,' zei Falk, 'Siggi was toen bijna zes, vertrok de chef weer eens naar zijn Wolfsschanze. Het afscheid van juffrouw Braun en Siggi duurde lang, alsof hij voelde dat hij de Berghof nooit meer terug zou zien. Hij was toen al veranderd in een oude, gebogen man.' Falk richtte zich iets op en keek Herter strak aan. Na een korte aarzeling zei hij: 'De week daarop pleegde graaf Stauffenberg zijn aanslag. Juffrouw Braun was wanhopig dat zij haar geliefde niet kon bijstaan en alleen telefonisch contact met hem had, want hij wilde dat zij bij Siggi bleef. Wel stuurde hij haar zijn gescheurde en bebloede uniform. En toen, twee maanden later, begon ook voor ons de catastrofe.'

Herter zag dat Falk plotseling zijn besluit had genomen, als iemand die niet uit zijn brandende huis in het vangzeil durft te springen en het dan opeens toch doet. Naast zich hoorde hij een ingehouden snik van Julia, maar hij dwong zich niet opzij te kijken.

'Het spijt mij, meneer Herter, maar wat ik u nu ga vertellen is totaal onbegrijpelijk, – niet alleen voor u, ook nog steeds voor ons. De chef had al sinds een paar dagen niet meer gebeld, en als juffrouw Braun probeerde hem te bereiken, kreeg zij steeds te horen dat hij het te druk had om aan het toestel te komen. Daar maakte zij zich ongerust over, maar wat kon zij doen? Op vrijdag tweeëntwintig september, een stralende eerste herfstdag, ik zal het nooit vergeten, tegen de middag, verscheen Bormann opeens bij de grote trap, in een gesloten auto, met een klein gevolg in de tweede. Ik vond dat al vreemd: 's zomers reden de heren altijd met de kap open. Wat kon er trouwens aan de hand zijn dat hij bereid was zijn meester een paar dagen uit het oog te verliezen? Ik had de uniformen en de pakken van de chef op het balkon te luchten gehangen en ik was zijn laarzen en schoenen aan het poetsen, ik wist natuurlijk niet dat hij dat allemaal nooit meer zou dragen; ook in Berlijn en in zijn veldhoofdkwartieren had hij een uitgebreide garderobe. Het was allemaal op maat gemaakt, en ik wist hoe precies hij was op zijn kleren. Zijn uniformen, zijn jassen, zijn petten, hij ontwierp alles zelf, net als zijn bouwwerken, zijn vlaggen, zijn standaarden en zijn massamanifestaties. Als ook maar ergens een kleine plooi zat die hem niet beviel, liet hij meneer Hugo komen, zijn kleermaker.'

Het was duidelijk dat Falk nog steeds uitstel zocht om te zeggen wat hij te zeggen had. Herter knikte.

'Hij was een perfectionist.'

'Ullrich kwam ons meteen op de hoogte stellen,' zei Julia. 'Ik was met mevrouw Köppe in de bibliotheek. Die was ook op de bovenverdieping. Voor het open raam klopten wij boeken uit, juffrouw Braun las voor uit *Piet de Smeerpoets*, terwijl Siggi onophoudelijk op zijn hoofd ging staan of zich languit achterover liet vallen op de divan. De bibliotheek was de enige ruimte in de Berghof waar het een beetje gezellig was. Nu en dan hoorde je diep in de berg het dynamiet dreunen.'

Falk keek even naar de glimlach die op Herters gezicht was verschenen en die hij natuurlijk niet begreep, – het was omdat Herter zich plotseling voorstelde, *welke* boeken er toen voor het raam tegen elkaar werden geslagen: Schopenhauer tegen Gobineau, Nietzsche tegen Karl May, Houston Stewart Chamberlain tegen Wagner...

'Geschrokken keken wij elkaar aan,' zei Falk, en het was of die schrik na meer dan vijftig jaar weer in zijn ogen verscheen. 'Wat later, nadat hij vermoedelijk met Mittlstrasser had gesproken, kwam Bormann naar boven. Ik weet niet... aan het stampen van zijn laarzen op de trap hoorde ik op een of andere manier dat er iets niet in orde was. Het klonk net iets te hard, alsof hij zichzelf moed in moest spreken. Ook Stasi en Negus roken onraad en begonnen te blaffen.'

'"Mijn God," zei mevrouw Köppe, "wat kan dat betekenen?"'

'Toen hij binnenkwam, sloeg hij zijn hakken tegen

elkaar, bracht de duitse groet en zei formeel: "Heil Hitler." Dat was geen gewoonte op de Berghof, en wij mompelden ook maar zoiets. Alleen Siggi keek hem met grote ogen aan. Bormann nam zijn pet niet af en vestigde zijn ogen op mevrouw Köppe, die de wenk begreep en de kamer verliet. Toen zei hij tegen juffrouw Braun, dat de Führer de wens had geuit haar in deze moeilijke dagen bij zich te hebben.'

'Er viel een pak van ons hart,' vulde Julia aan, 'juffrouw Brauns gezicht klaarde helemaal op. Zij vroeg wanneer zij moest gaan. Nu meteen, zei Bormann; buiten wachtte de auto die haar naar het vliegveld van Salzburg zou brengen, daar stond een machine klaar. "En Siggi?" hoor ik haar nog vragen, – Siggi ging natuurlijk ook mee, net als Ullrich en ik? Nee, zei Bormann, de Führer had beslist dat hij bij zijn wettige ouders op de Berghof moest blijven. De Wolfsschanze was geen omgeving voor een kind; bovendien was het te gevaarlijk, zo dicht in de buurt van het front.'

'Zij kwam natuurlijk terecht in een tweestrijd,' zei Falk, 'maar zij wist ook dat aan een besluit van Hitler niet te tornen viel. Bormann had zich nog steeds niet bewogen. Hij zei, dat zij meteen moest gaan pakken; mij liet hij kortaf weten, dat wij elkaar straks nog zouden spreken. Vervolgens draaide hij zich op zijn hakken om en marcheerde de kamer uit.'

De koffers, die al een keer leeg de Berghof hadden verlaten, werden nu volgepakt, – vooral door Julia. Zij vertelde dat juffrouw Braun voornamelijk op de rand van het bed zat met haar arm om de schouders van Siggi, die intussen met een klein kompas speelde. Zij had tranen in haar ogen en zei, dat zij hem heel vaak zou komen opzoeken. Kennelijk begreep hij er niets van waarom zijn tante Effi zo vreselijk bedroefd was, want zij ging immers naar oom Wolf, die bezig was oorlog te voeren. Later, als hij groot was, had hij eens gezegd, wilde hij zelf ook oorlog gaan voeren. De chef had zich toen tranen gelachen.

Juffrouw Braun belde met haar familie in München, want in de Wolfsschanze zou zij voor hen niet bereikbaar zijn. Wat later was iedereen in de hal aangetreden, – ook mevrouw Bormann en haar kinderen, die hij altijd achterliet op de Obersalzberg, zodat hij zelf ongestoord zijn gang kon gaan met de meiden in het hoofdkwartier. Het afscheid verliep vormelijk. Julia en Ullrich kregen een hand, Siggi een kus op zijn voorhoofd, ook de terriërs werden gekust, en uitgewuifd bij de grote trap stapte zij in de tweede auto, waarin naast de chauffeur ook nog een Gestapoman zat.

'Een uur later,' zei Falk, 'verscheen er een adjudant van Bormann en zei dat de Reichsleiter mij in zijn chalet verwachtte.'

'Ik weet niet waarom,' zei Julia, 'maar om een of andere reden voelde ik meteen, dat er nog iets in de lucht hing. Ik ging met Siggi naar zijn kamer, waar de vloer was overdekt met zijn soldaatjes, die aan een stormaanval bezig waren. Ik weet nog dat hij zei, dat hij het vervelend vond dat hij alleen duitse soldaatjes had; je zou toch eigenlijk ook russische soldaatjes moeten hebben, zodat je kon overwinnen, maar die waren niet te koop. Zo, zonder vijand, kon je niet eens verliezen.'

Herter moest aan Marnix denken. Ook hij zou zoiets gezegd kunnen hebben, maar hij speelde niet meer met roerloze soldaatjes, hij speelde computerspelletjes waarbij een zichtbare vijand vernietigd kon worden. Hij, Herter zelf, elf jaar ouder dan Siegfried Falk, alias Braun, alias Hitler, had voor de oorlog wel nog met soldaatjes gespeeld, ook in duitse uniformen, zonder dat hij ooit een vijandelijk leger had gemist. Kennelijk was het hem niet om de uitbeelding van strijd gegaan, maar om het ontwerpen van imposante tableaux vivants, niet als een generaal maar als een regisseur. Misschien had Hitler, de theaterman die zichzelf beschouwde als de grootste veldheer aller tijden, eigenlijk ook alleen maar theatraal met soldaatjes gespeeld, maar dan van vlees en bloed.

Het was vijf minuten lopen naar Bormanns villa, die iets kleiner was dan de Berghof, maar groter dan het chalet van Göring. De zon scheen op de helling die hij beklom, tuinmannen maaiden het gras, vogels zongen in de bomen, – alles zou idyllisch zijn geweest wanneer niet overal onder de grond het gedempte daveren van pneumatische hamers had weerklonken. Ook hij was er niet helemaal gerust op, maar wat kon er zijn? Niemand had iets misdaan. Toen zijn collega hem binnenliet, hoorde hij ergens in de diepte van het huis het gelach en gekwetter van Bormanns kinderen. De Reichsleiter ontving hem staande in zijn werkkamer, een beetje wijdbeens, de handen in zijn zij. 'Falk,' had hij gezegd, 'wij kunnen kort zijn. Verman uzelf.'

Falk kon even niet verder spreken. Het was of hij nog kleiner werd; hij boog zijn hoofd, wreef met beide handen over zijn gezicht en zei toen met verstikte stem:

'Hij zei: "Op bevel van de Führer moet u Siegfried doden."'

14

Herters mond viel open. Waar was hij? Dit kon toch niet waar zijn! Naast zich hoorde hij Julia snikken in haar zakdoek. Was het dus gebeurd? Dat was toch niet denkbaar! En waarom, waarom moest het gebeuren? Toen hij Falk naar Julia zag kijken, stond hij op en stelde met een handgebaar voor van plaats te verwisselen. Op de bank legde Falk zijn hand op die van Julia, en er tegenover voelde hij diens warmte in de kleine fauteuil.

'Ik geloof mijn oren niet,' zei hij. 'U moest Siegfried *doden*? Hitlers zoon, Siggi, op wie hij zo dol was? Waarom in godsnaam?'

'Ik weet het ook vandaag nog niet,' zei Falk. 'Ik had het gevoel alsof ik in een ijspilaar veranderde. Toen ik weer iets zeggen kon vroeg ik dat natuurlijk ook, maar Bormann snauwde: "Een bevel wordt niet gemotiveerd, Falk, maar gegeven. De Führer is de laatste die verantwoording aan u is verschuldigd." Ik begreep dat het zinloos was om er verder op in te gaan. De chef had zijn ondoorgrondelijke besluit genomen, en zo had het dus te gebeuren. U moet weten dat een Führerbevel toen in de meest letterlijke zin kracht van wet had. Ik waagde het nog om te vragen wat de gevolgen zouden zijn als ik weigerde.'

'En?' vroeg Herter, toen Falk bleef zwijgen.

'Dan zou Siegfried sowieso sterven, want hij was ter dood veroordeeld. Dat was onherroepelijk. De Führer kwam nooit terug op een besluit. Maar bovendien zouden Julia en ik in dat geval naar een concentratiekamp gestuurd worden, waarbij ik mij misschien iets kon voorstellen. Als ik van mijn vrouw hield, zei hij, was het misschien verstandiger om niet te weigeren.'

'En juffrouw Braun? Wist juffrouw Braun er van?'

'Ik weet het niet, meneer Herter. Ik weet niet meer dan wat ik u vertel.'

'Ik ben sprakeloos,' zei Herter. 'Wat waren dat toch voor wezens? Ze waren zoals ze zeiden dat de joden waren: ongedierte dat de wereldheerschappij nastreefde. Wat een uitschot. Maar dat wisten we eigenlijk al.'

'Ja, dat zegt u nu, maar ik toen eigenlijk niet. Voor het eerst sinds al die jaren drong het op dat moment met een schok tot mij door met welk soort mensen ik te maken had. In mijn naïviteit had ik ze vereenzelvigd met wat ik van ze te zien kreeg. Hitler kon razen en tieren als hij aan politiek deed, maar dat was beroepshalve; verder was hij de wellevendheid zelf, net als een beroepsbokser, die thuis ook niemand tegen de grond slaat. Van Göring heb ik eens een joviale knipoog gekregen, en ik herinner mij dat die verschrikkelijke Heydrich tijdens een lunch eens een roos uit een vaas trok en galant aan Julia overhandigde. Weet je nog, Julia?'

Zij knikte zonder hem aan te kijken.

'Ik had mij afgesloten voor wat zij verder nog uitvoerden. Ik vermoedde natuurlijk dat er verschrikkelijke dingen aan de gang waren, want je ving wel eens wat op, maar dat wilde ik niet weten. Ook met Julia praatte ik er niet over. Alleen Bormann, die zich nooit ontspannen kon, had altijd iets sinisters om zich heen, terwijl hij toch niet de grootste misdadiger was van dat gezelschap.'

'Maar hij was toch misdadiger genoeg,' zei Herter, 'om u te chanteren met de dood van uw vrouw.'

'Natuurlijk. Hij was een verlengstuk van Hitler.'

'Net als al die anderen.'

'Zo is dat. Hij had bijkans het hele duitse volk in zichzelf veranderd, en hij was van plan dat met de hele mensheid te doen. Zijn volgelingen deden precies wat hij wilde, ook zonder bevel. Zij konden mensen vernietigen omdat zij menselijk eerst zelf waren vernietigd door hem.'

'U zegt dat heel goed, meneer Falk. En hoe ging het toen verder?'

'Het moest een ongeluk lijken. Er zou geen onderzoek komen, want waarom zou ik mijn eigen zoontje vermoorden? Ik moest zelf maar iets bedenken. Het mocht niet eerder dan over een week gebeuren, – natuurlijk omdat niemand dan meer een verband met zijn aanwezigheid zou leggen, – en niet later dan over twee weken. Toen zei hij "Heil Hitler" en ik kon gaan.'

Herter vertrok zijn gezicht.

'Wilt u wel geloven, dat ik misselijk word van wat u allemaal zegt? Wat bezielde die kerels toch? Heeft u met uw vrouw overlegd?'

Julia had weer een trek van haar sigaret genomen en bij ieder woord ontweek er wat bleekblauwe rook uit haar mond, als bij een fabeldier.

'Hij vertelde mij pas aan het eind van de oorlog wat er was gebeurd, nadat wij in Den Haag over de radio hadden gehoord, dat Hitler dood was.'

'Een dag nadat hij met Eva Braun was getrouwd,' zei Herter. 'Hoe is het in hemelsnaam allemaal mogelijk? Om een of andere reden wilde hij Siegfried laten vermoorden, wie weet, misschien omdat hij te weten was gekomen dat hij de vader niet was, en uiteindelijk trouwt hij met de moeder, die hem misschien bedrogen heeft maar die hij in leven heeft gelaten. Er is geen touw aan vast te knopen. Kennelijk is er nog iets heel anders gebeurd.'

Falk tilde even allebei zijn handen op en liet ze slap op zijn dijen vallen.

'Raadsels, raadsels. Door na te denken is er geen verklaring voor te vinden. Niemand zal ooit weten hoe het in elkaar zat. Er leeft niemand meer die het nog zou kunnen vertellen.'

'En u beiden? Liep u niet ook gevaar? U wist toch te veel?'

'Daar was ik niet bang voor,' zei Falk. 'Dan hadden ze niet zo'n ingewikkeld plan bedacht. Dan hadden ze ons eenvoudig alle drie vermoord, daar hadden de heren geen moeite mee, zeker niet op zo'n hermetisch afgesloten plek als de Berghof. Nee, kennelijk vertrouwden zij ons en hadden wij genade gevonden in hun ogen omdat wij zo goed voor Siggi hadden gezorgd.'

'Hoe bent u toen in godsnaam die dagen doorgekomen?'

Falk zuchtte en schudde zijn hoofd.

'Als ik er aan terugdenk, zie ik helemaal niets. Ik heb na de oorlog een keer een auto-ongeluk gehad en een hersenschudding, daarvan kon ik mij naderhand ook niets meer herinneren.'

Klein en oud zaten Julia en hij op de versleten bank, onder Brueghels schranspartij van vierhonderd jaar geleden, als twee hyperrealistische beelden van een amerikaans kunstenaar.

'Natuurlijk wilde ik niets liever dan met Julia er over praten,' vervolgde hij, 'maar wat had het voor zin? Waarom zou ik haar belasten met zoiets gruwelijks, waar toch niets aan te veranderen viel? Ik moest kiezen tussen één of drie doden – en het enige waardoor daaraan was te ontkomen, was de vlucht, liefst met ons drieën. Maar dat was absoluut onmogelijk: niemand kon het Führergebied van de Obersalzberg betreden, maar ook niet verlaten. Overal waren wachtposten. Trouwens, Bormann had natuurlijk instructies gegeven voor een verscherpte bewaking. Ik heb nog overwogen om dr. Krüger in te schakelen, want dat was een nette man; misschien kon hij ons in zijn DKW naar buiten smokkelen, maar dan had ik hem moeten opbellen en de telefoon werd natuurlijk afgeluisterd. Bovendien had ik ook hem dan in levensgevaar gebracht. Nee, de situatie was hopeloos. Hoe ik het in die week ook wendde of keerde, ik had geen keus. Ik moest het doen, en wel voor Julia. Het moest dan ook voor haar maar een ongeluk lijken.'

Er viel weer een stilte. Herter probeerde zich voor te stellen dat hij zijn kleine Marnix moest vermoorden, aangezien anders niet alleen hij maar ook Maria en hijzelf moesten sterven. De gedachte alleen al maakte hem onpasselijk. Wat zou hij doen? Vermoedelijk was hij met Maria tot de slotsom gekomen, dat zij dan maar alle drie dood moesten. Hoe viel er verder te leven na zo'n daad, ook al was die afgedwongen? Maar misschien bestond het verschil uit het feit, dat Marnix hun eigen kind was.

'Wilt u het horen?' vroeg Falk.

Nee, hij wilde het niet horen, maar Falk wilde het vertellen. Herter maakte een nauwelijks zichtbare beweging met zijn hoofd, waarop Julia opstond en naar de slaapkamer ging. Toen zij de deur achter zich had dichtgedaan, sloot Falk zijn ogen om ze gedurende zijn hele relaas niet meer te openen. Alsof ook Herter werd opgenomen in de duisternis achter die oogleden, waarin Falk het drama zich weer zag voltrekken, luisterde hij naar zijn zachte stem, terwijl hij het gevoel kreeg of Huize Eben Haëzer verzonk en hij door de woorden heen lijfelijk aanwezig is bij het vertelde, daar op die verdoemde, meer dan een halve eeuw geleden vernietigde plek, – alles ziet, alles hoort...

Een minuut voordat de wekker gaat, slaat Falk zijn ogen op. Meteen begint hij te zweten. Vandaag. Ontelbare keren heeft hij het zich gedurende die twee weken voorgesteld, maar nu het zo ver is, de laatste dag, is het heel anders. Hij zet de wekker af en kijkt naar Julia's achterhoofd. Rustig ademend slaapt zij. Verward, trillend over zijn hele lichaam komt hij uit bed en trekt de gordijnen open. Een kille, grijze herfstdag, de toppen van de alpen onzichtbaar geworden in de naderende winter. De wereld heeft haar gezicht veranderd. Hij voelt zich als iemand die dodelijk ziek is en die heeft besloten, dat het vandaag zijn laatste dag moet zijn. Straks, in het geheim, komt de dokter met zijn spuitje. Nu slaapt hij nog, de bevriende arts, die bereid is een risico te nemen, of hij leest het ochtendblad, in zijn hand een kop koffie. Russisch offensief in het Memelgebied. Overal wordt sinds jaar en dag massaal gestorven. Sterven is onbeduidend geworden. *Führerbefehl hat Gesetzeskraft.* De onherroepelijkheid van die wet is harder dan het graniet van de Alpen. Over een paar uur moet er aan gehoorzaamd zijn.

Gapend draait Julia zich op haar rug en vouwt haar handen onder haar hoofd.

'Is er iets, Ullrich?'

'Ik heb slecht geslapen.'

'Is Siggi al wakker?'

'Ik geloof dat ik iets hoorde. Ik heb hem beloofd, dat ik hem vandaag de schietbaan zou laten zien. Daar zeurt hij al weken om.'

Zuchtend slaat Julia de dekens opzij en komt uit bed.

'Waarom zijn jullie mannen toch altijd zo verliefd op dat stomme geweld? Als Siggi een meisje was geweest, dan had zij er niet om gezeurd.'

'Dat verschil heeft een lange geschiedenis, denk ik.'

Siggi heeft zich al aangekleed. In zijn hertsleren tiroler korte broek met de hoornen knopen zit hij op de grond en beweegt langzaam een rode magneet rondom zijn kompas.

'Moet je kijken, pappa, die naald is gek geworden. Weet je hoe dat komt? Omdat de magneet de vorm heeft van een hoefijzer. Die naald wil zich losrukken en gelukkig worden, want een hoefijzer brengt geluk, maar hij zit vast, net als een hond aan een ketting.'

Marnix. Precies zo had Marnix het gezegd kunnen hebben.

Dat kind! Falk krijgt het gevoel of zijn aderen zich vullen met gesmolten lood. Zelf heeft hij in al die drieëndertig jaar dat hij leeft nog nooit zo'n inval gehad. Wat is dit voor wereld? Het is toch niet denkbaar dat hij straks dat kleine leven zal vernietigen! Moet hij niet nu meteen zijn pistool pakken en zichzelf door zijn hoofd schieten? En Julia dan? Plotseling moet hij denken aan die ene keer dat hij eerder op iemand heeft geschoten, negen jaar geleden, in de weense Bondskanselarij, tijdens de mislukte putsch. In de chaos en het kabaal van schoten, geschreeuw, ontploffende handgranaten en versplinterend glas zag hij in een verlaten hoekkamer opeens Dollfuss voorover op het tapijt liggen, kermend en om een priester roepend: hij herkende hem meteen, de bondskanselier was maar weinig groter dan Siggi. Hij bloedde uit een grote wond onder zijn linker oor. Op dat moment kroop het geweld ook in hemzelf en eer hij het wist had ook hij een schot op hem gelost. Een paar dagen later bekende Otto Planetta het eerste, vermoedelijk al dodelijke schot; binnen een week was hij veroordeeld en opgehangen. Het tweede schot, met een ander kaliber, is altijd een raadsel gebleven, waarover nog steeds werd gespeculeerd. Uit schaamte had hij het nooit iemand verteld, ook niet aan Julia, ook niet toen de putschisten na de Anschluss als helden werden vereerd, en na de oorlog even min. Hij probeerde zichzelf wijs te maken dat het een genadeschot was geweest; toen dat niet lukte, begroef hij het in zichzelf en dacht er nooit meer aan.

Hij steekt zijn pistool bij zich en gaat naar de keuken, waar Siggi een stukje boter en een halve reep melkchocolade door zijn havermoutpap roert, zoals hij dat van zijn vader heeft geleerd. Galgenmaal. Waarom nog eten? Hij zal zelfs geen tijd hebben om het te verteren. Tijd! Julia heeft haar eerste Ukraina alweer opgestoken en loopt zachtjes te zingen:

SIEGFRIED

*'Es geht alles vorüber,
Es geht alles vorbei...'*

De tijd is harder dan het graniet dat het huis omringt, nog geen schram kan er in gekerfd worden. Het besef dat zij het kind nu voor het laatst ziet, zonder het te weten, snijdt hem bijkans nog dieper door zijn ziel dan de gedachte aan wat hij dadelijk doen moet. Abrupt staat hij op.

'We moeten gaan.'

'Doe ook je sjaal om, Siggi, vat geen kou. En passen jullie in godsnaam op.'

Als zij buiten komen is de ruimte gevuld met glinsterende ijsnaalden, die stil lijken te hangen in de kille lucht.

'Kijk, pappa, de moeder van Onze Lieve Heer heeft haar speldenkussen uit haar handen laten vallen.'

Een snik doorsiddert Falks borst en hij neemt Siggi bij de hand. Terwijl zij de alpenweide op lopen, maakt de jongen onafgebroken wilde bokkesprongen, alsof hij wil vliegen. Tussen de sparren worden zij met een 'Heil Hitler' aangehouden door een patrouillerende SS-man met een aangelijnde herdershond en over zijn schouder een karabijn. Nadat Falk zijn doorlaatbewijs heeft laten zien, dat Mittlstrasser hem heeft verstrekt, vraagt Siggi:

'Pappa, hoe is het water ontstaan?'

'Dat weet ik niet.'

'Zou oom Wolf het weten?'

'Vast wel. Oom Wolf weet altijd alles.'
'Maar niet dat tante Effi rookt als hij er niet is.'
'Dat misschien toch ook.'

Gebrulde bevelen worden hoorbaar, maar tot Siggi schijnt het niet door te dringen. Terwijl zij verder lopen, kijkt hij nadenkend naar de grond en zegt even later:

'Maar als je alles weet, hoe weet je dan dat het echt "alles" is?'

'Ook dat weet ik niet, Siggi.'

'Ik weet ook een heleboel, maar hoe kan ik te weten komen, wat ik allemaal weet?'

Falk antwoordt niet. Deze marteling! De wereld behoort niet te bestaan, de wereld is een verschrikkelijke vergissing, een zinloze miskraam, – zo zinloos dat niets, helemaal niets er iets toe doet. Alles zal vergeten worden en ten slotte verdwijnen en dan nooit gebeurd zijn. En het is deze gedachte, die hem plotseling de verdorven kracht geeft om te doen wat hem te doen staat. Hij haalt diep adem en laat Siggi's hand los.

Het grote exercitieterrein is omzoomd door kazernes, kantines, garages en administratiegebouwen. Geflankeerd door een hakenkruisvlag en de zwarte vlag van de SS staan gehelmde troepen aangetreden en bewegen zich collectief met dezelfde discipline als het lichaam van de chef, wanneer hij in het openbaar is. Via de turnhal dalen zij een trap af naar de ondergrondse schietbanen en Falk denkt: – Wat doet het er toe dat hij nu voor het laatst het daglicht heeft gezien.

Een stalen deur, die vooral tot taak heeft dat de chef niet wordt gestoord in zijn wereldhistorische overdenkingen, gaat achter hen dicht.

'Dit is misschien eigenlijk geen plek voor kinderen,' zegt de dienstdoende Untersturmführer in het gedaver en geratel hoofdschuddend, nadat hij Mittlstrassers document heeft gelezen. 'Enfin, alles in Duitsland is tegenwoordig een grote bende.'

Ja, Mittlstrasser, die zit natuurlijk in het complot, of misschien ook niet; het is Falk onverschillig. Siggi is opgetogen over het kabaal in de betonnen ruimte, hij roept iets dat Falk niet kan verstaan. Op de langste van de drie schietbanen, zo'n honderd meter, in fel elektrisch licht, liggen twee manschappen in vechttenue achter schuddende mitrailleurs, terwijl instructeurs met verrekijkers hun resultaten controleren. De tweede, waar met geweren wordt geschoten, is korter; de derde, nog korter, is niet in gebruik. Een passerende Unterscharführer schreeuwt in het voorbijgaan met een blik op Siggi:

'Is die lichting nu ook al opgeroepen?'

Falk haalt zijn doorgeladen 7.65 pistool te voorschijn en laat Siggi het magazijn met de kogels zien. Hij gaat wijdbeens staan, houdt het wapen met twee handen vast en lost een schot, dat de schematische gestalte aan het eind van de baan in de buik treft, waarop Siggi roept:

'Mag ik ook eens, mag ik ook eens?'

De wereld bestaat niet. Het is allemaal niet waar.

Niets bestaat. Hij laat zich op een knie zakken en demonstreert nog eens hoe het pistool vastgehouden moet worden. Voor de grap richt hij de loop van vlakbij op Siggi's voorhoofd. Als hij begint te lachen, haalt hij de trekker over.

Met bloed bespat blijft hij kijken naar het punt waar zojuist nog Siggi's lach was. Niemand heeft iets gezien of gehoord. Hij sluit zijn ogen en laat langzaam het pistool zakken, tot de loop het roerloze lichaam raakt, terwijl hij denkt: – Niet ik heb hem gedood, Hitler heeft hem gedood. Niet ik, Hitler. Ik. Hitler.

15

Herter leunde voorover, zijn ellebogen op zijn knieën, zijn handen voor zijn ogen. Toen het stil bleef, keek hij op alsof hij uit een droom ontwaakte. Het leek alsof het nu de kamer was die was veranderd in iets onwerkelijks. Op de binnenplaats blafte een hond. Ook Falk had zijn ogen geopend; zijn handen trilden. Herter zag dat hij uitgeput was, maar zich ook bevrijd voelde. Door zijn gruwelijke verhaal was alles alleen maar onbegrijpelijker geworden, maar tegelijk was dat het bewijs dat het waar was, want anders had hij het wel sluitend gemaakt. Onwillekeurig sloeg hij even een blik op Falks rechter wijsvinger, waarmee hij vijfenvijftig jaar geleden de trekker had overgehaald, en hij moest zich dwingen niet naar de foto op het televisietoestel te kijken. Eenenzestig zou Siegfried Falk nu zijn geweest, zonder te weten wie hij was; op gezette tijden had hij, met vrouw en kinderen, zijn ouders in Eben Haëzer bezocht.

Falk stond op, deed de deur naar de slaapkamer op een kier open en ging weer zitten. Misschien had hij zo zacht gesproken opdat Julia niet zou horen wat zij al wist. Even later verscheen zij en vroeg:

'Wilt u misschien een glas wijn?'

Ja, wijn, daar was hij nu aan toe. Liefst wilde hij

zich bedrinken en zich bevrijden van dat spookslot, zoals Falk het had genoemd, waarnaast dat van graaf Dracula een idyllische buitenplaats was, – maar tegelijk wist hij, dat hem dat even min zou lukken als de Falks. In het echt scheen de precieze plek momenteel vrijwel onvindbaar te zijn en totaal overwoekerd met bomen en struiken, waar een bepaald soort toeristen zich een weg doorheen probeerde te zoeken, – maar alleen in het echt, niet daar waar het er werkelijk toe deed.

Zwijgend dronken zij de goedkope witte wijn van de supermarkt, die te zoet was en waarvan niet meer dan een glas gedronken moest worden. Herter voelde dat hij nu als eerste het woord moest nemen, maar wat viel er nog te zeggen? Hij schudde zijn hoofd.

'Nog nooit heb ik een schokkender en onbevredigender verhaal gehoord. Ik kan alleen herhalen wat ik zei, meneer Falk. Ik ben sprakeloos.'

'U hoeft niets te zeggen. Ik ben u dankbaar dat u naar mij heeft willen luisteren. U heeft ons zeer geholpen.'

'Ja,' zei Julia, terwijl zij in haar glas keek.

Nu kon hij dus opstaan en afscheid nemen, maar dat zou te abrupt zijn.

'Hoe is het toen verder gegaan?'

'De volgende dag kregen wij een condoleantietelegram van Bormann, uit naam van de Führer.'

Herter zuchtte en zweeg even.

'Waar is Siggi begraven?'

'Op het kerkhof van Berchtesgaden, drie dagen later. We waren met een klein gezelschap, Julia's ouders, Mittlstrasser, mevrouw Köppe en nog een paar andere leden van het personeel. Daar ging de komedie nog steeds door, met ons als de treurende ouders.'

Julia keek op.

'Maar dat waren wij ook eigenlijk.'

'Natuurlijk, Julia, dat waren wij ook eigenlijk. Dat zijn wij nog steeds.'

Herter keek van de een naar de ander. Het leek of hier een punt van wrijving lag.

'Hebt u zijn graf later nog wel eens bezocht?' vroeg hij Julia.

'Nee. Er zou een grafsteen komen met zijn naam er op, maar toen waren wij al overgeplaatst.'

'Naar Den Haag dus.'

'Ja, een week later al. Mittlstrasser zei, dat een andere omgeving ons zou helpen het tragische ongeval te vergeten.'

'Wist Seyss-Inquart hoe de vork in de steel zat?'

'Ik weet het niet,' zei Falk. 'Ik geloof het niet. Het eerste wat hij deed toen hij ons begroette, was zijn deelname uitspreken met ons verlies. Wat voor reden konden ze hebben om hem op de hoogte te stellen?'

'Geen,' knikte Herter. 'Voor Hitler was Seyss-Inquart ook maar een kleine onderknuppel, al had hij hem dan Oostenrijk bezorgd.'

Het telefoontje in zijn borstzak trilde. Hij excuseer-

de zich en haalde het te voorschijn.
'Ja?'
'Met mij. Waar hang je uit?'
'In de oorlog.'
'Vergeet je ons vliegtuig niet?'
'Ik kom er dadelijk aan.' Hij verbrak de verbinding en kon eindelijk weer op zijn horloge kijken: half vier. 'Dat was mijn vriendin, ze is bang dat wij ons vliegtuig missen.'
'U gaat vandaag nog terug naar Amsterdam?'
'Ja.'
'Daar was ik één keer,' zei Falk, terwijl hij opstond, 'midden in de zogenaamde hongerwinter. Alles stond nog overeind, maar het was een geblakerde, dodelijk gewonde stad. Ik herinner mij dat de grachten van de ene kant naar de andere vol vuilnis dreven.'

Eer Herter zelf ook opstond, nam hij het exemplaar van *Die Erfindung der Liebe* en schreef met zijn vulpen op de titelpagina:

Voor Ullrich Falk,
Die in de tijden van het kwaad
een onvoorstelbaar offer bracht
aan de liefde.
En voor Julia.
Rudolf Herter
Wenen, November 1999

Hij blies er even op en sloeg het boek dicht, zodat zij

het pas zouden lezen als hij weg was.

'Heeft u een visitekaartje?' vroeg Falk.

'Zo ver heb ik het nog niet gebracht,' zei Herter, 'maar ik zal het voor u opschrijven.' Op een blaadje van zijn aantekenboekje noteerde hij zijn adres en telefoonnummer en scheurde het er uit. 'U kunt mij altijd schrijven, of opbellen, – op mijn kosten natuurlijk.'

Falk las het, en terwijl hij zijn rug iets rechtte zei hij:

'Ik zal dit aan mevrouw Brandtstätter geven en haar opdragen, dat zij u moet laten weten wanneer de laatste van ons beiden gestorven is. Daarna bent u vrij om te doen of te laten wat u wilt.'

Herter schudde zijn hoofd.

'U gaat nog lang niet dood, dat kan ik zien. U bent al bijna aan de volgende eeuw begonnen.'

'Wij hebben genoeg aan deze,' zei Julia strak.

Zij namen afscheid. Herter gaf Julia een handkus en bedankte Falk voor het vertrouwen.

'In tegendeel,' zei Falk, 'wij bedanken *u*. Als u ons niet had willen aanhoren, dan was er helemaal niets van Siggi overgebleven. Dan zou het zijn alsof hij nooit had bestaan.'

16

Toen hij in de hotelkamer kwam, was Maria aan het pakken. Hij deed de deur achter zich dicht en zei:

'Ik heb hem begrepen.'

'Wie?' vroeg zij, terwijl zij zich oprichtte van de koffer op het bed.

'Hem!'

'Je maakt een verwilderde indruk, Rudi. Wat is er gebeurd?'

'Te veel. Ik ben verslagen. De verbeelding is niets. Exit Otto.'

'Otto? Wie is Otto?'

'Laat maar, hij bestaat niet meer. *De Vijand van het Licht* zal er niet komen. De verbeelding kan het niet opnemen tegen de werkelijkheid, de werkelijkheid slaat de verbeelding buiten westen en klapt dubbel van het lachen.'

'Heb je soms gedronken?'

'Een glas bocht, maar nu wil ik een glas nectar om te drinken op de uil van Minerva, die uitvliegt in de schemering.'

'Wat zeg je toch allemaal?' vroeg Maria en knielde neer bij de minibar.

'Dat het inzicht een melancholisch nagerecht is van de creativiteit, een schrale troost voor de falenden.'

'Het is dat ik je ken, anders zou ik denken dat je maar wat raaskalt. Ik vind dat je er slecht uitziet.'

'Ik ben zum Tode betrübt.'

'Ga even liggen.'

Hij schoof de koffer opzij en deed wat zij gezegd had.

'Ben je iets te weten gekomen bij die oudjes?'

'Die oudjes, zoals jij ze noemt, waren de persoonlijke bedienden van Hitler en Eva Braun, en ik ben iets wereldschokkends van ze te weten gekomen, iets absoluut ongelooflijks en bloedstollends, en tegelijk iets totaal onbegrijpelijks, – maar ik heb met twee opgestoken vingers gezworen dat ik het aan niemand zou vertellen zo lang ze nog leven.'

'Ook niet aan mij?'

'Het probleem is dat jij ook iemand bent.'

'Maar als je nu morgen onder de tram komt?'

'Dan zal niemand het ooit weten. Maar ik zal het thuis allemaal opschrijven en dan deponeren bij een notaris. Pak het dictafoontje even, het ligt daar bij mijn oogdruppels. Er is iemand die niemand is, en over die niemand moet ik nu even mijn gedachten op een rij zetten.'

'Ga liever een kwartiertje slapen.'

'Nee, dan ontglipt het mij misschien.'

Maria zette het apparaat aan en gaf het hem. Hij dacht even na, bracht het naar zijn mond en zei op dicteersnelheid:

'Hitlers chef staf, generaal Jodl, die hem dagelijks

urenlang meemaakte, ook opgehangen overigens, heeft eens gezegd dat voor hem de Führer altijd een Boek met Zeven Zegelen is gebleven. Ik heb vandaag die zegelen verbroken. Het boek blijkt een dummy, met uitsluitend lege bladzijden. Hij was de wandelende afgrond. Het laatste woord over Hitler is *niets*. Al die ontelbare beschouwingen over zijn persoon schieten te kort omdat zij ergens over gaan, en niet over niets. Het was niet zo, dat hij niemand tot zich toeliet, zoals iedereen zegt die hem heeft meegemaakt, maar er was niets waartoe zij toegelaten konden worden. Of nee, misschien moet ik het andersom zeggen. Misschien moet je het zo zien, dat het vacuum dat hij was zich volzoog met andere mensen, die daardoor vervolgens ook vernietigd werden. In die richting ligt dan de verklaring voor de onmenselijke daden van zijn moreel ontmenselijkte volgelingen. Het geheel doet mij nu trouwens ook denken aan een zwart gat. Dat is een monsterachtig astronomisch object, een pathologische deformatie van ruimte en tijd, die ontstaan is door de catastrofale ineenstorting van een zware ster, een muil die alles opslorpt wat in zijn buurt komt, materie, straling, alles, en waaruit niets kan ontwijken, zelfs licht blijft in zijn zwaartekrachtveld gevangen, alle informatie is afgesneden van de rest van de wereld, – weliswaar *gloeit* het, maar uit die amorfe warmte valt niets op te maken. In het centrum er van bevindt zich een zogenaamde singulariteit. Dat is een paradoxale entiteit van oneindig grote dichtheid en oneindig hoge temperatuur, bij een omvang van nul. Hitler als een singulariteit in mensengedaante – omgeven door het zwarte gat van zijn aanhang! Volgens mij is nog nooit iemand op dat idee gekomen. Goed. Ik ga dit alles verzwelgende Niets nu niet psychologisch funderen, zoals altijd te vergeefs wordt geprobeerd, maar filosofisch, want hij is allereerst een *logisch* probleem: een bundel predikaten zonder subject. Daarmee is hij het exacte tegendeel van de God uit de negatieve theologie van Pseudo-Dionysius Areopagita, uit de vijfde eeuw: daarin is God een subject zonder predikaten, want hij is te groot om ook maar iets over hem te kunnen zeggen. Je zou dus kunnen beweren, dat Hitler in het kader van de negatieve theologie de Duivel is, – maar niet in de officiële, positieve theologie van Augustinus en Thomas. Enfin, laat maar.'

Hij nam een slok van de chablis, die Maria naast hem had neergezet en zei in het apparaat:

'Opgelet, de excursie wordt nog leerzamer. In het kielzog van Hegel, maar in oppositie tot hem, heeft Kierkegaard gezegd dat het Niets de angst baart. Over Nero schreef hij, dat hij een raadsel was voor zichzelf, en dat zijn wezen angst was: daarom wilde hij voor iedereen een raadsel zijn en zich verheugen in hun angst. Later keerde Heidegger de stelling van Kierkegaard om en zei, dat de angst het Niets openbaart – en dat "in het Zijn van het zijnde het nietigen van het Niets" geschiedt. Hoongelach van de logisch-positivisten natuurlijk, vooral van de Wiener Kreis hier, Carnap voorop, – maar ligt in de richting van die negativistische conceptie niet de verklaring van Hitler? Namelijk als de personificatie van dat angstbarende, nietigende Niets, de uitroeier van alles en iedereen, niet alleen van zijn vijanden, ook van zijn vrienden, niet alleen van de joden, de zigeuners, de polen, de russen, de krankzinnigen en wie allemaal nog meer, ook van de duitsers, zijn vrouw, zijn hond en ten slotte van zichzelf? Misschien had Carnap ook in dit geval eerst even aan zijn lievelingswetenschap moeten denken: de wiskunde. Daarin is het paradoxale getal nul maar liefst een natuurlijk getal, dat door vermenigvuldiging elk ander getal vernietigt. In de wiskunde nult de nul, – de nul is de Hitler onder de getallen. Is het misschien tegelijk een verklaring van Heideggers metafysische heulen met die nul onder de mensen, die hij door een aanval van gezichtsbedrog nu juist voor de personificatie van het oneindige Zijn had gehouden? Ten slotte had de zijnsfilosoof met de slaapmuts en bewonderaar van "oergesteente, graniet, harde wil", zoals je dat op de Obersalzberg ziet, een SA-uniform in zijn kleerkast hangen. En dan heb je Sartre nog, die in diezelfde traditie staat, maar bij wie het kierkegaardiaans weer op zijn pootjes terecht komt toen hij schreef, dat de antisemiet een mens is die een starre, harde rots wil zijn, een kokende stroom, een vernietigende bliksemstraal, – alles, behalve een mens. En op de achtergrond van dat alles schemert dan de extatische gestalte van Meister Eck-

hart en de zijnen, wier mystieke bezetenheid in dit perspectief plotseling demonische trekken krijgt, hij, met zijn "donkere nacht van de ziel" en nietswording... wat dan later in het zwarte gat van de rijkspartijdagen in Neurenberg gedrochtelijk wordt geënsceneerd, na zonsondergang, omgeven door zuilen van licht, die opgaan in de sterrenhemel, met Hitler als de paradoxale singulariteit in het middelpunt van duizenden geüniformeerden, als enige blootshoofds....'
Hij huiverde. 'Ik huiver, maar die huiver wijst nauwkeurig in de goede richting: die van het verschrikkelijke, het afgrijselijke, het *mysterium tremendum ac fascinans*.'

'Het wat?' vroeg Maria met scheefgehouden hoofd.

'Zeg, ben je me soms aan het afluisteren?'

'Ik kan niet anders, maar maak je niet ongerust. Voor jou gaan er vermoedelijk werelden open als je al dit soort dingen zegt, maar ik begrijp nog niet de helft. Moet ik weggaan?'

'Nee, natuurlijk niet, het is juist goed dat er iemand meeluistert.'

'Ik dacht dat het geheim was.'

'Over dat geheim ga ik het niet hebben, alleen over de verklaring van het geheim dat Hitler was.'

Het *mysterium tremendum ac fascinans*, legde hij uit, was een term die ruim tachtig jaar geleden was gemunt door Rudolf Otto, in zijn boek *Das Heilige*. Een paar weken geleden had hij het herlezen, kennelijk uit een soort voorgevoel. Als jongeman had Nietzsche *Die Geburt der Tragödie aus dem Geiste der Musik* geschreven, waar hij het gisteren nog over had. In dat boek vulde hij de 'edele eenvoud en stille grootheid' van Winckelmanns apollinische, vredige, harmonieuze beeld van de griekse cultuur aan met zijn dionysische, extatische, irrationele, vreesaanjagende tegenhanger. Je zou kunnen zeggen, dat in het verlengde daarvan Rudolf Otto op de kern van alle religie had gewezen: het huiveringwekkende 'Totaal Andere', het absoluut vreemde, de ontkenning van alles wat bestaat en gedacht kan worden, het mystieke Niets, de stupor, het 'geheel op de mond geslagen zijn', dat zowel aantrekt als afstoot. Dat was andere taal dan de goedertieren 'lieve God' van de christenen. Die was een aamborstige nakomeling van de authentieke, woeste hemelkerels en hemelwijven, – die er overigens ook niet voor terugschrok zijn eigen zoon te offeren, een daad die hij Abraham ooit verboden had. Nee, van dat lugubere was uitsluitend en alleen Hitler de epifanie.

'Ik doe mijn best,' zei Maria.

Langzamerhand, ging hij verder, hadden ontelbare deskundigen zich vergeefs het hoofd gebroken over de vraag, wanneer Adolf was veranderd in Hitler. Eerst was hij een onschuldige zuigeling, toen een schattige kleuter, toen een opgroeiend kind, vervolgens een leergierige jongeman – waar, wanneer, hoe en waardoor was hij veranderd in de absolute verschrikking? Een bevredigend antwoord daarop had nog niemand gegeven. Waarom niet? Misschien omdat al die psychologen geen filosofen waren, en vooral: geen theologen? En omdat op hun beurt de monotheïstische theologen met een boog om Hitler heen liepen en zich verstrikten in de theodicee: hoe kon de ene God Auschwitz toelaten? Ja, hij wist het opeens zeker. Niemand van hen durfde tot het uiterste te gaan, zoals Hitler zelf. De angst voor het Totaal Andere had ook hen verlamd. Hitler had ook hen geheel op de mond geslagen, – enkelen van hen beschouwden het zelfs als onzedelijk om hem te willen begrijpen. Maar nu vond hij hem, Herter, op zijn weg.

'Misschien, Rudi,' onderbrak Maria hem bedachtzaam, 'zou je er verstandig aan doen als je hier nu mee ophoudt. Ben je niet bang dat je ook zelf geheel op je mond geslagen wordt?'

Hij schudde zijn hoofd.

'Ik kan niet meer terug, het is te laat. Ik heb begrepen, waarom Hitler onbegrijpelijk is en dat ook altijd zal blijven: omdat hij de onbegrijpelijkheid in persoon was, – dat wil zeggen: in onpersoon. Een oude ster verandert door bepaalde oorzaken in een singulariteit met een zwart gat om zich heen, maar Hitler is niet op een bepaald punt van zijn leven door bepaalde oorzaken in die infernale verschrikking veranderd, – bij voorbeeld door de gewelddadigheden van zijn weerzinwekkende vader, of door de gruwelijke dood aan kanker van zijn moeder, die onder behandeling was van een joodse arts, of door een gasaanval in de Eerste Wereldoorlog, die hem tijdelijk blind maakte. Anderen hebben nog erger verschrikkingen meegemaakt en zijn toch geen Hitlers geworden. Zij bezaten eenvoudig niet de voorwaarden, die Hitler bezat eer hij wat dan ook had meegemaakt – namelijk nu juist de afwezigheid van alle waarden. Niet een bepaalde ervaring heeft zijn ziel opgevreten, hij was de verschrikking vanaf zijn geboorte. Nero had de status van een god, maar dat was een apotheose die de mens Nero op een dag werd verleend door andere mensen: allemaal positieve gegevens. Maar Hitler was van den beginne de verschijningsvorm van het Totaal Andere: het geïncarneerde nietigende Niets, de wandelende singulariteit, die noodgedwongen alleen zichtbaar kon worden als een masker. Daarmee was hij dan ook geen toneelspeler, geen histrio, waar hij vaak voor wordt aangezien, maar een masker zonder gezicht er achter: een levend masker. Een wandelend harnas, zonder iemand er in.' Hij dacht even aan Julia die, anders dan haar man, ook alleen maar een toneelspeler in hem had gezien.

'Volgens jou was hij dus uniek,' zei Maria met sceptisch opgetrokken wenkbrauwen.

Herter zuchtte.

'Ja, ik vrees dat hij uniek was.'

'Dat vond hij van zichzelf ook. Hij had dus gelijk.'

'Ja, we moeten het eindelijk onder ogen durven zien. Behalve dan, dat er nu juist geen sprake was van een "zelf". Daarom kun je hem ook niet eigenlijk "schuldig" noemen, dat is al te veel eer en een miskenning van zijn nietswaardige status. Maar ik begrijp wat je bedoelt. Met zoiets paradoxaal onmenselijks kleeft hem iets onverdraaglijk sacraals aan, al is het dan in het negatieve. Dat is alleen aanvaardbaar als het op een of andere manier bewezen kan worden. Maar hoe valt "niets" te bewijzen? Hoe kan iets buitennatuurlijks "bewezen" worden?'

Plotseling zat hij rechtop, terwijl hij met grote ogen voor zich uit staarde. Tot zijn ontzetting – maar tegelijk tot zijn vreugde, want zo is de dubieuze aard van het denken – daagde hem iets dat dicht in de buurt leek te komen van een bewijs.

'Wacht eens even...Verdomd, Maria, ik geloof dat ik een ontdekking doe,' zei hij in het dictafoontje, alsof het Maria heette. 'Het is te gek om los te lopen, maar misschien... Ik ben opgewonden, ik moet het rustig aan doen, rustig, rustig, stap voor stap, het is glad ijs... Luister. Duizend jaar geleden kwam Anselmus van Canterbury met een verpletterend godsbewijs, dat ongeveer zo gaat: God is volmaakt, dus hij bestaat, want anders was hij niet volmaakt. Dat heeft Kant later het "ontologisch godsbewijs" genoemd, maar dat is het natuurlijk helemaal niet, want het maakt alleen in schijn de overgang van het denken naar het reële bestaan. *On* betekent "het zijnde" in het grieks. Het is eerder een "logisch godsbewijs". Maar ik geloof waarachtig dat ik nu het spiegelbeeld daarvan bij de kop heb: een echt ontologisch bewijs voor de stelling, dat Hitler de manifestatie was van het niet-bestaande, nietigende Niets.'

Ironisch keek Maria hem aan.

'Dat is een mond vol voor zo weinig.'

'Ja, hoe moet je het onzegbare zeggen?'

'Zei Wittgenstein niet, dat je daar je mond over moet houden?'

'Dan kom je dus nooit een stap verder. Ook weer zo iemand uit Wenen trouwens. Ik laat me de mond niet snoeren door weners, mijn vader was de laatste die daar de macht toe had, maar ook niet erg lang.'

'Het lijkt wel of je het nog steeds niet kunt verkroppen.'

Ongeduldig schudde Herter zijn hoofd.

'Laat de psychologie in hemelsnaam er buiten, Maria. Niks gaat ooit over. Goed, daar gaan we, ik heb een aanloop nodig.'

Het drama van de twintigste eeuw, doceerde hij, begon bij Plato, met zijn installatie van een Ideeënwereld achter de zichtbare. Dat leidde regelrecht naar Kants onkenbare *Ding an sich*. Na hem splitste de ontwikkeling zich in twee stromingen, een optimistische en een pessimistische. De optimistische was de rationalistisch-dialectische van Hegel, die via Marx uitkwam bij Stalin – of misschien was het fair om te zeggen: bij Gorbatsjov. Zoals hij al had beweerd, ging van Hegel ook de traditie van het Niets uit, met Kierkegaard, Heidegger en Sartre als een existentiefilosofische zijtak; hij moest er nog eens over nadenken hoe dat precies zat. Van de pessimistische, irrationele stroming was Schopenhauer de aartsvader. Bij hem evolueerde het eeuwige *Ding an sich* tot een duistere, dynamische 'Wil', die de hele wereld regeerde, tot en met de planetenbanen, en die in het individu de gestalte had aangenomen van zijn lichaam. Hij keek Maria aan.

'Je voelt dat we in de buurt komen.'

'Eerlijk gezegd...'

'Nee, laat me doorgaan, eer ik de draad kwijtraak. Als je het uitgetypt hebt, licht ik het wel toe. En schenk me nog eens in, want we naderen nu de kern van de zaak: de muziek.'

Na Plato, zei hij, die in de geest van Pythagoras de wereld geschapen liet worden volgens de wetten van de muzikale harmonie, had niemand een groter hommage aan de muziek gebracht dan Schopenhauer. Voor hem was zij niets minder dan de afbeelding van zijn Wereldwil. Als het iemand zou lukken, schreef hij eens, in begrippen uit te drukken wat de muziek was, dan zou dat tegelijk de verklaring van de wereld zijn, dat wilde zeggen de ware filosofie. Nog twee stappen, zei Herter, en hij was waar hij wezen wilde. Eerste stap: Richard Wagner. De grote muzikant, componist van bedwelmende opera's, was niet alleen zijn leven lang een adept van Schopenhauer, maar ook een antisemiet van een nieuw soort. De joden moesten niet alleen bestreden en ingeperkt worden omdat zij onevenredig veel macht en invloed zouden hebben op alle terreinen van de samenleving, zoals traditionele antisemieten sinds jaar en dag zeiden en zeggen, resulterend in een incidentele pogrom hier en daar, – nee, als eerste verkondigde hij in zijn geschriften dat zij niet mochten bestaan, dat zij zonder uitzondering van de aardbodem moesten verdwijnen. Met hem werd het metafysische uitroeiings-antisemitisme geboren. Ook door zich te laten dopen konden zij zich niet van hun vloek verlossen, zoals de christenen en de islamieten hun nog toestonden. Te vergeefs probeerde hij zijn toegenegen bewonderaar, de labiele koning Ludwig II van Beieren, voor zijn bloeddorstige karretje te spannen, maar die vond zijn rabiate antisemitisme ordinair, – zo labiel was hij dus ook weer niet.

Met een klik sloeg het dictafoontje af.

17

'Om half negen gaat ons vliegtuig,' zei Maria, terwijl zij het minuscule bandje voor hem omdraaide.

'Tijd zat.'

'Je moet ook nog pakken.'

'Komt allemaal in orde,' zei hij ongeduldig. 'Desnoods missen we het.'

'Je weet toch dat Olga en Marnix ons afhalen? Hij vond het prachtig dat hij zo laat op mocht blijven.'

'Die kunnen we ook altijd nog afbellen.' Hij schakelde het apparaat weer in, legde even een vinger op zijn lippen en zei: 'Goed. Tweede stap: Nietzsche. Nu wordt het moeilijk. Ook hij was als jongeman een aanhanger van Schopenhauer, en bovendien een bewonderende huisvriend van Wagner. Over alle twee schreef hij geestdriftige teksten, maar naar mate zijn eigen ideeën zich ontwikkelden nam hij afstand van hen. Aan het begin van zijn loopbaan stond Schopenhauers abstracte Wil aan de wieg van de dionysische oerkracht in *Die Geburt der Tragödie aus dem Geiste der Musik*, dat hij in 1871 als zevenentwintigjarige aan Wagner had opgedragen. Ik weet dat allemaal heel precies, ik las hem al toen ik negentien was, vlak na de oorlog; ik denk dat ik mij toen een beetje met hem identificeerde. Aan het eind van de korte periode waarin hij bij zijn verstand was, zeventien jaar later, werd Schopenhauers muzikale Wil nog concreter in zijn eigen Wil tot Macht. – Hier ook de twee citaten,' zei hij, plotseling toonloos, met een diepere stem.

'Wat zeg je?' vroeg Maria, terwijl zij haar hoofd weer een beetje scheef hield.

'Laat maar. Dat is iets wat ik later wil invoegen.'

Ooit had hij een verbluffende ontdekking gedaan. In de passage, waarin Schopenhauer spreekt over de hypothetische vertaling van de muziek in de ware filosofie, zegt hij letterlijk '...*daß gesetzt es gelänge eine vollkommen richtige, vollständige und in das Einzelne gehende Erklärung der Musik, also eine ausführliche Wiederholung dessen was sie ausdrückt in Begriffen zu geben, diese sofort auch eine genügende Wiederholung und Erklärung der Welt in Begriffen, oder einer solchen ganz gleichlautend, also die wahre Philosophie sein würde...*' Tientallen jaren later keert de gecompliceerde melodie van die zin terug bij Nietzsche: '*Gesetzt endlich, daß es gelänge, unser gesamtes Triebleben als die Ausgestaltung und Verzweigung einer Grundform des Willens zu erklären – nämlich des Willens zur Macht, wie es mein Satz ist –; gesetzt, daß man alle organische Funktionen auf diesen Willen zur Macht zurückführen könnte und in ihm auch die Lösung des Problems der Zeugung und Ernährung – es ist ein Problem – fände, so hätte man damit sich das Recht verschafft, alle wirkende Kraft eindeutig zu bestimmen als: Wille zur Macht.*' Voor zo ver Herter wist, was de chromatische gelijkenis van die twee cruciale teksten nog nooit iemand opgevallen. Was zij Nietzsche zelf opgevallen? Was zij een verborgen eerbetoon aan Schopenhauer? Vermoedelijk was zij eerder een onbewuste reminiscentie van zijn Schopenhauerlectuur. – Het 'onderbewuste'... de laatste loot, bij Freud, van deze duistere stamboom.

'Heb je nog niet genoeg van mijn college?' vroeg Herter.

'Alsof je je daar iets van aan zou trekken.'

'Zo is het. Toen zijn Wil tot Macht hem daagde,' vervolgde hij, 'had Nietzsche in zijn *Also sprach Zarathustra* ook al een paar andere schokkende dingen op het programma gezet, zoals de conceptie van de Übermensch, de heerschappij van de sterken over de zwakken, de afschaffing van het medelijden en de stelling dat God dood is. Ja, je moet maar durven. De doodongelukkige Fritz *leed* onder zijn durf; liefst wilde hij dat iemand kon aantonen, dat zijn gedachten onjuist waren.'

Scherp keek Maria hem aan en vroeg:

'Zie ik het nu goed en heb je tranen in je ogen?'

Herter legde het dictafoontje even weg en wreef in zijn ogen.

'Ja, dat zie je goed.'

'Waarom in godsnaam? Ik heb altijd begrepen, dat zijn bedenksels Hitler hebben geïnspireerd.'

'Dat heb je dan verkeerd begrepen, en je bent de enige niet. Hij was het eerste *slachtoffer* van Hitler.'

'Volgens mij was die toen nog niet eens geboren.'

'Zo is het. En daarmee raak je meteen aan het

punt, waar ik op uit ben. Luister,' zei hij en nam het dictafoontje weer op, 'ik zal proberen het uit te leggen, ook aan mijzelf. Ik kan het zelf ook nog niet geloven. Nietzsche is eind augustus 1900 gestorven: volgend jaar precies een eeuw geleden. Toen was hij al jaren totaal krankzinnig, ten slotte eerder een plant dan een mens, eerst verpleegd door zijn moeder, daarna door zijn zuster. Hoe is het uitbreken van die waanzin in zijn werk gegaan? Let op, ik ga de data er van eens wat nauwkeuriger bekijken. Ik heb niet alles paraat, maar in grote trekken toch wel, – thuis zal ik het allemaal precies napluizen: ik verheug mij daar nu al op. Wat is mooier dan te moeten studeren in het kielzog van een idee? Studeren zonder eigen idee heb ik nooit gekund, op school al niet. Goed. Toen hij zijn *Zarathustra* schreef, in de eerste helft van de jaren tachtig, was mentaal alles nog in orde. Ook in de volgende paar jaar publiceerde hij een paar belangrijke titels, waaruit niet blijkt dat er iets mis was. Verder stelde hij in deze periode meer dan duizend aforismen op schrift, die tot een filosofische tegenhanger van zijn *Zarathustra* moesten leiden, maar daar kwam het niet meer van. In de zomer van het jaar 1888, toen het voorbereidende werk vermoedelijk klaar was, ging het verkeerd; plotseling begon er iets te veranderen, alsof er een wolk voor de zon schoof. Na zijn dood is het materiaal door zijn nogal frauduleuze zuster gerangschikt en uitgegeven onder de titel *Der Wille zur Macht*, en in die vorm heeft het onmetelijke invloed uitgeoefend. Er is eerder een profeet dan een filosoof aan het woord: een "waarzegvogelgeest" noemt hij zichzelf. Hij zei dat hij de geschiedenis van de komende twee eeuwen beschreef; wij zijn nu op de helft, en in het eerste kwart is alles al precies uitgekomen. Het ging sneller dan hij dacht. Of misschien moeten we zeggen, dat ook de eenentwintigste eeuw nog in het teken van Hitler zal staan. De corrupte editie van Elisabeth Förster-Nietzsche begint met de beroemde zin: "Het nihilisme staat voor de deur; waar komt deze griezeligste aller gasten vandaan?" Is dat niet merkwaardig? Hier verschijnt het nihilisme als een gast, als een persoon. Dat is altijd als een stijlbloempje beschouwd, maar ik lees het nu anders. De term "nihilisme" is afgeleid van *nihil*, "niets", – en wat daar dus gezegd wordt, is kort en goed: "Hitler staat voor de deur."'

'Weet je wat ik geloof, Rudi...' zei Maria, 'dat je bezig bent jezelf iets aan te doen.'

'Dat heeft Nietzsche vermoedelijk ook wel eens te horen gekregen.'

'En omdat hij niet luisterde, is het slecht met hem afgelopen.'

'Precies. En ik ga je nu uitleggen, hoe dat het werk van Hitler kon zijn. We zijn in de zomer van 1888. Opeens schuift de wolk voor de zon, hij legt zijn noties voor *Der Wille zur Macht* opzij en produceert in de volgende maanden in ijltempo een aantal studies, waaraan de vernietiging van zijn geest steeds duidelijker te zien is. Wagner, de opperantisemiet, krijgt nog eens de volle laag, hij schrijft zinnen als "Ik laat alle antisemieten eenvoudigweg doodschieten", en in zijn autobiografische schets *Ecce homo* zegt hij dat alle groten uit de wereldliteratuur bij elkaar nog niet één rede van zijn Zarathustra hadden kunnen schrijven. Hij beschouwt zich als de opvolger van de gestorven God en wil een nieuwe jaartelling instellen, alles wordt steeds megalomaner, hij ondertekent zijn brieven met "Dionysos", "de Gekruisigde", "Antichrist", en in zijn laatste, nagelaten notities van januari 1889 toont hij zich bereid, de wereld te regeren. Dan valt definitief de nacht over zijn geest. Als hij in Turijn langs een rijtuigstandplaats komt, zoals hier aan de overkant, ziet hij dat een aapjeskoetsier met een zweep zijn oude paard mishandelt. Hij rent er heen, hij, de grote verachter van het medelijden, en valt het dier met een huilkramp om de hals...'

Herter kon even niet verder spreken, hij voelde dat zijn ogen zich weer met tranen vulden. Maria stond op, keek even naar de rijtuigen op het plein en kwam naast hem op het bed zitten. Zwijgend legde zij een hand op zijn arm. Hij schraapte zijn keel en zei:

'De directeur van de psychiatrische kliniek waarin hij werd opgenomen, heette dr. Wille.'

'Dat is ook toevallig.'

'Dat is ook toevallig, ja. En er komen nog meer toevalligheden. Volgens hem en alle latere artsen leed de patiënt aan een progressieve, postsyfilitische paralyse.'

'Maar?' vroeg Maria.

Hij keek haar aan. Zijn hand met de dictafoon trilde een beetje.

'Weet je wanneer Hitler geboren is?'

'Natuurlijk niet.'

'Op twintig april 1889.' Hij ging overeind zitten. 'Begrijp je wat dat betekent?' En toen zij vragend haar wenkbrauwen ophaalde: 'Dat hij in juli 1888 is verwekt – precies het moment waarop Nietzsches verval inzette. En toen hij negen maanden later geboren werd, bestond er geen Friedrich Nietzsche meer. Het brein waarin al die gedachten waren opgekomen, werd verwoest in de maanden waarin hun personificatie, nee depersonificatie foetaal groeide. Dat is mijn ontologische Nietsbewijs.'

Maria's mond ging een beetje open.

'Rudi, je bent toch niet zo gek dat je –'

'Ja, zo gek ben ik wel. Zijn vernietiging heette niet paralysis progressiva, maar Adolf Hitler.'

Sprakeloos bleef Maria hem aanstaren.

'Ik begin nu ook aan jouw verstand te twijfelen. Dat is toch allemaal stom toeval!'

'Zo? En wanneer houdt toeval op, toeval te zijn? Als iemand met een dobbelsteen honderd keer achter elkaar zes gooit, is dat dan nog steeds toeval? Strikt genomen wel, want geen enkele gooi heeft iets te maken met de vorige; toch is het nog nooit gebeurd. Je kunt rustig je hoofd er onder verwedden, dat er dan iets aan de hand is met die dobbelsteen. Ga maar na.

Aan de ene kant hebben we Nietzsche die profetisch schrijft over al die dingen die ik heb genoemd, aan de andere kant Hitler die ze waar maakt. Een paar dagen voor zijn definitieve instorting – toen Hitler in zijn zesde maand was – schreef Nietzsche letterlijk, dat hij zijn lot kende: dat zijn naam eens verbonden zou zijn met de herinnering aan iets monsterachtigs, aan een crisis zoals er op aarde nog niet eerder was, aan het diepste gewetensconflict, aan een beslissing, bezworen *tegen* alles wat tot dan toe geloofd, geëist, geheiligd was. Niemand kon toen begrijpen waar hij het over had, maar wij weten het intussen. Hitler was het die die voorspelde "monsterachtige beslissing" nam: het bleek zijn centrale obsessie: de *Endlösung der Judenfrage* – hun fysieke uitroeiing, waar Wagner hen als eerste mee bedreigd had en wat Nietzsche nu juist zo in hem verachtte. Van een jeugdvriend weten we trouwens, dat de toekomstige volkerenmoordenaar Wagners antisemitische geschriften heeft gespeld. Nietzsche heeft hij ook gelezen als jongeman, maar daar wilde de onstuitbare kletsmajoor veelzeggend genoeg niet over praten met zijn vriend; natuurlijk omdat het hem te na was. Overigens had hij het niet erg op filosofie en literatuur, zijn passies waren de architectuur en het muziektheater, vooral dat van Wagner, en ook daar weer vooral de decorbouw en de enscenering. Op een andere manier was alleen Nietzsche net zo bezeten van Wagner als hij. Verder had ook hij besloten de wereld te regeren, ook hij speelde met de gedachte aan een nieuwe jaartelling, en zo voort en zo verder, – zo kan ik nog een hele tijd doorgaan. Met Hitler werden Nietzsches grootheidswaanzin en zijn angsten van a tot z werkelijkheid, dat past allemaal als een hand in een handschoen. Toen hij later als rijkskanselier eens op bezoek was bij Nietzsches zuster in Weimar, had hij daar zelfs zoiets als een mystieke ervaring: het was, vertelde hij, of hij haar dode broer lijfelijk in de kamer had gezien en hem hoorde spreken. En nu zou dat nauwkeurige samenvallen van Hitlers ontstaan en Nietzsches vergaan opeens toevallig zijn? Is het ook toevallig dat zij precies even oud zijn geworden: zesenvijftig? Is het ook toevallig dat Nietzsches waanzin precies even lang heeft geduurd als Hitlers heerschappij: twaalf jaar?'

In een radeloze geste hief Maria haar handen op.

'Maar hoe dan? Hoe moet ik mij dat allemaal voorstellen? Wat kan een foetus in de buik van een oostenrijkse vrouw in godsnaam te maken hebben met de mentale toestand van een man in Italië? Dat is toch te gek om los te lopen!'

'Dat is het ook, dat is het ook,' zei Herter, snel met zijn hoofd knikkend, 'en toch is het zo. Je ziet het toch voor je ogen. Het is een grotesk mirakel. Hij is nooit een onschuldige zuigeling geweest, als foetus was hij al een moordenaar, en in zekere zin is hij altijd die moordende ongeborene gebleven.'

Maria schreeuwde bijna:

'Maar *hoe dan*, Rudi? In godsnaam! Hoe is er dan

met die dobbelsteen geknoeid? Het lijkt wel of je krankzinnig bent geworden. Wat is er vanmiddag gebeurd daar bij die twee oude mensen? Kom toch tot bezinning!'

'Ik doe niet anders, ik doe niet anders. Maar niet om de zaak terug te brengen tot iets alledaags, zoals toeval, en dan mijn schouders op te halen en mij af te wenden; maar om verder te komen, want het gaat hier niet om iets alledaags, verdomme. Begrijp je wel waar we het over hebben? We hebben het over het ergste van het ergste. En het enige dat ik kan verzinnen, is dat we met Hitler te maken hebben met zoiets als een meta-natuurverschijnsel, – te vergelijken met de inslag van die meteoriet in het Krijt, die een eind maakte aan de dinosauriërs. Met dit verschil, dat hij niet een buitenaards wezen was, maar een buitenzijns wezen: het Niets.'

Maria dwong zich tot kalmte.

'Goed, ik probeer je te volgen. Maar dan begrijp ik het nog steeds niet. Ergens in een oostenrijks dorp... waar is hij geboren?'

'In Braunau.'

'In Braunau kruipt Hitler senior op zijn vrouw en komt kreunend van genot klaar.'

'Ja,' zei Herter. 'Moet je je dat voorstellen. Het is allemaal begonnen met genot.'

'En op dat ogenblik begint er iets mis te gaan in het brein van Nietzsche, honderden kilometers verderop in Turijn.'

'Ja. De nacht die in Nietzsches geest viel, was de duisternis van de baarmoeder waarin Hitlers lichaam gestalte aannam.'

'Maar dat kan niet veroorzaakt zijn door die bevruchte eicel in Braunau. Ik neem ten minste niet aan, dat je aan een of andere geheimzinnige straling gelooft.'

'Natuurlijk niet. Er is nog een derde, dat zowel het een als het ander heeft veroorzaakt.'

'En dat is?'

Herter sloot even zijn ogen.

'Niets dus. Dat is nu juist het mirakel. Na de dood van God stond het Niets voor de deur, en Hitler was zijn eniggeboren zoon. In zekere zin heeft hij nooit bestaan, hij was als het ware de vleesgeworden *Hitler-Lüge*. De absolute, logische Antichrist.'

'Het is maar goed, dat verder niemand kan horen wat je nu allemaal zegt. Als je het mij vraagt, kan geen mens ter wereld jou nog volgen.'

'Dat kon dan wel eens het bewijs zijn, dat ik op de goede weg ben. Je moet net zo nietsontziend over Hitler durven te denken als hij handelde. Dat heb ik dan van Nietzsche geleerd: hij was op dezelfde manier vóór Hitler als ik na hem.' Een vreemde, korte lach waar Maria een beetje van schrok, ontsnapte uit zijn mond. 'Samen hebben wij hem in de tang. De cirkel is rond.'

'En waarom koos dat Niets van jou op dat bepaalde moment juist dat gezinnetje in Braunau uit?'

Herter wendde zijn gezicht even af en zuchtte.

'Waarom koos het Zijn op dat bepaalde moment aan het begin van de jaartelling juist dat gezinnetje in Nazareth uit? Hitler was ook eerder een godsdienststichter dan een politicus, hij zei dat hij door de Voorzienigheid was gezonden en de duitsers *geloofden* aan hem, al zijn nachtelijke massarituelen met fakkels en vlaggen waren religieus van aard, dat bevestigen alle getuigen. De Duivel mag het weten, misschien is Klara Hitler niet bevrucht door haar Alois, maar door de Heilloze Ongeest.'

'Hitler heeft jou kennelijk ook tot het geloof gebracht.'

'Ja. Het geloof aan Niets, en Nietzsche is zijn profeet. En op gevaar af dat je me definitief voor krankzinnig houdt, zal ik je nog iets anders vertellen. Hij heeft niet alleen met de verwoesting van zijn geest Hitlers lijfelijke ontstaan uitgebeeld, hij heeft niet alleen in zijn geschriften diens latere gedachtegoed aangekondigd, hij heeft ook tot in details diens einde voorzien. In een van zijn allerlaatste aantekeningen, met de titel *Laatste overweging*, zegt hij letterlijk: "Men moge mij die jonge misdadiger uitleveren; ik zal niet aarzelen hem te verderven, – ik wil zelf de brandfakkel in zijn vloekwaardige geest doen oplaaien." Dat sloeg op de duitse keizer. Die is in 1941 vredig gestorven in Doorn, maar vier jaar later overkwam het zijn opvolger in Berlijn lijfelijk. In de bunker onder de Rijkskanselarij schoot hij zich in zijn rechter slaap, Eva Braun nam gif in, waarna hun lijken naar boven werden gedragen, naar de tuin, het hare door Bormann. Daar was het een hel van bombardementen en artilleriebeschietingen, het huilen van stalinorgels, geratel van mitrailleurs, rook, stank, gegil van gewonden, de russen stonden al om de hoek en rondom brandde de stad als het Walhall in de *Götterdämmerung*. De lichamen werden vlakbij de uitgang in een granaattrechter neergelegd en snel met benzine overgoten. Omdat niemand zich nog eens in de ring van vuur naar voren durfde te wagen, gooide een adjudant er een brandende lap op, – en een politiewacht die het tafereel uit de verte zag, verklaarde later dat het was alsof de vlammen vanzelf uit de lijken oplaaiden. Vanzelf! Daar had je dus die brandfakkel van Nietzsche!'

Plotseling liet Herter zijn hand slap naast zich neervallen, zonder het dictafoontje uit te zetten.

'Ik kan mijn ogen niet meer openhouden.'

'Dat kan ik me voorstellen,' zei Maria, keek op haar horloge en stond op. 'Ga even slapen, je hebt nog wel een half uurtje. De auto van de ambassade komt over een uur, ik ga beneden een Wiener Melange drinken – om bij te komen. Als je me nodig hebt, bel je maar.' Zij drukte een kus op zijn gesloten ogen en ging de kamer uit.

Herter had een gevoel of hij honderd jaar zou kunnen slapen. Siegfried. Hij dacht aan de versierde S, het logo van het hotel dat overal duizenden keren terugkwam: in de vloerkleden op de gangen, op de papiertjes onder de glazen, op de lucifersdoosjes, de voeten van de schemerlampen, de suikerzakjes, de blocnootjes bij de telefoons, de balpennen, het serviesgoed, de asbakken, de badjassen, de slippers... Siegfried... Siegfried... Siegfried...

In hoeverre was Hitler eigenlijk een mens? Hij had het lichaam van een mens – ofschoon... ook met dat lichaam was van meet af aan iets vreemds aan de hand. Met zijn beschrijving van 'de jood', die de wereldheerschappij wilde om de mensheid te vernietigen, had hij in elk geval een sprekend lijkend zelfportret geleverd. Hij dacht aan een zin uit *Mein Kampf*, die zich in zijn geheugen had gebrand: '*Siegt der Jude mit Hilfe seines marxistischen Glaubensbekenntnisses über die Völker dieser Welt, dann wird seine Krone der Totentanz der Menschheit sein, dann wird dieser Planet wieder wie einst vor Jahrmillionen menschenleer durch den Äther ziehen*'. Mensenloos! Met andere woorden, de overblijvende joden op de planeet waren geen mensen – zo min als hijzelf dat was. Alleen was zijn eigen dodendans nog een graad verschrikkelijker, want nergens schrijft hij dat de zegevierende ondermensen onder leiding van hun verbaal-mythische Führer DER JUDE ten slotte ook zichzelf zouden uitroeien, zoals hij dat deed. En dat hij juist de joden uitverkoos als brandpunt van zijn eigen nihilistische, totale vernietigingswil jegens al het zijnde, zichzelf niet uitgezonderd, kwam natuurlijk door hun verwezenlijking van zijn eigen grote ideaal, de 'raszuiverheid', die zij gedurende duizenden jaren hadden weten te bewaren.

Hij dacht terug aan de Falks. Het was ongetwijfeld waar wat zij hem verteld hadden, maar hoe kon het waar zijn? Hoe kon Eva na de bevolen moord op Siggi alsnog mevrouw Hitler worden en met hem in de dood gaan? Waar was dat huwelijk voor nodig geweest? Wat zat er allemaal achter en wat kon er naderhand nog gebeurd zijn? Het was zoals Falk had gezegd: door nadenken was het niet te achterhalen.

Maria's vraag schoot hem weer te binnen: waarom het Niets juist Braunau had uitgekozen voor Hitlers geboorteplaats. Dat bruine keerde naderhand steeds terug: de partijcentrale in München heette het 'Braune Haus', de SA-troepen werden 'bruinhemden' genoemd en ten slotte heette ook Eva Braun. Omdat haar familie vaak op de Obersalzberg logeerde, noemde Göring de Berghof het 'Braunhaus'. Bruin kwam in het zonnespectrum niet voor, het was een poepkleur die ontstond als je op een palet alle spectraalkleuren door elkaar smeerde, – en bij die gedachte herinnerde hij zich iets, dat alles naadloos verklaarde. In de kliniek van dr. Wille noteerde de dienstdoende arts in de maand van Hitlers geboorte over Nietzsche: *'Koth geschmiert. – Beschmiert s(ich) mit Koth. – Ißt Koth.'*

Plotseling voelt hij dat iets ontzettends hem bij de keel grijpt en hem meesleurt, de slaap in, door de slaap heen, verder dan de slaap...

18

16.IV.45

Na een afschuwelijke reis gisteren hier aangekomen – alleen om mij een ongeluk te vervelen, lijkt het wel. Te lezen is hier niets, en om de tijd te doden heb ik mij papier laten brengen, waarop ik dan maar deze notities maak.

Heel Duitsland ligt aan scherven. München, Neurenberg, Dresden... al die prachtige steden zien er uit als gloeiende sintels, zoals die uit de kachel komen. Wat heeft het toch allemaal voor zin? Ik had de Mercedes in schutkleuren laten schilderen, maar toch moesten de chauffeur en ik ons een keer hals over kop in een greppel laten rollen, omdat er een engels jachtvliegtuig met ratelende machinegeweren op ons af kwam. Ik had zelfs geen tijd om de hondjes te pakken. Berlijn is om te huilen. Overal ruïnes, brand en stank, dichtgespijkerde ramen, lange rijen voor de winkels, nog langere rijen lijken op de trottoirs, hier en daar een opgehangen deserteur aan een lantarenpaal, oude vrouwen die in kinderwagens voortgeduwd worden, mensen die over de smeulende ruïnes klauteren en nog iets van hun familie of hun bezittingen proberen te vinden. Die prachtige stad! Het lijkt eerder op een natuurramp dan op mensenwerk, maar misschien is dat uiteindelijk hetzelfde. Dat komt in geen honderd jaar meer goed. Door de chaos van brandweerauto's en ambulances en radeloze mensen zochten wij onze weg naar de Rijkskanselarij, die ook zwaar gehavend was.

In de tuin, bij de donkere ingang van de bunker, werd ik opgevangen door zwager Fegelein, die mij via een eindeloze smeedijzeren wenteltrap naar de onderste verdieping bracht, wel vijftig treden diep de aarde in. Een paar dagen geleden schijnt het bericht van Roosevelts dood iedereen hier in de citadel weer hoop op de goede afloop gegeven te hebben; maar ik voelde dat mijn komst voor hen nu het begin van het definitieve einde betekende – dat ik was gekomen om samen met de Führer te sterven. Maar dat niet alleen. Eer het allemaal afgelopen is, moet en zal ik te weten komen wat er precies met Siggi is gebeurd, en waarom.

Adi was blij toen hij mij zag, maar hij beval mij onmiddellijk terug te keren naar de berg. Toen ik dat weigerde, leek hij ontroerd; hij bleef mij even aankijken en liet het daarbij. In zijn mondhoek zat chocolade, die ik met mijn zakdoek wegveegde.

17.IV.45

Hem ook vandaag niet onder vier ogen te spreken gekregen. De afgelopen maanden is hij weer jaren ouder geworden, zijn haar is bijna helemaal grijs, hij loopt gebogen, de ogen in zijn vale gezicht zijn uitgeblust, zijn stem is gebroken, zijn linker arm trilt en hij trekt met een been. Ik kan mij bijna niet voorstellen dat dit dezelfde man is als die van nog maar een paar jaar geleden, – maar al die zorgen ook, dat kan geen mens verdragen. Hij heeft zelfs vetvlekken op zijn das en zijn uniform; dat was vroeger ondenkbaar geweest. De hele dag confereert hij in zijn kamer hiernaast met zijn generaals, als dr. Morell ten minste niet bezig is hem vol te proppen met injecties en pillen. Tegelijk met mijn aankomst is het grote russische offensief begonnen – alsof ik het voorvoelde. De bombardementen lijken voorbij; Goebbels zegt, dat de engelsen en de amerikanen het nu kennelijk aan de russen overlaten om het werk af te maken. Zelf zijn ze naar het zuiden afgezwaaid, richting Obersalzberg; ze hebben het over de 'alpenvesting' en ze schijnen te denken dat daar een enorm leger van tienduizenden fanatieke nationaal-socialisten verborgen zit, maar dat is onzin, er zit alleen een wachtbataljon. Intussen komen de Ivans met honderdduizenden op ons af, als een stroom lava uit de Vesuvius. Daarna zal van Berlijn niet meer over zijn dan van Pompeï.

Wat er nog bruikbaar was in mijn kamers in de Kanselarij heb ik naar beneden laten brengen en ik heb mijn drie benauwde kamertjes zo goed en zo kwaad als het gaat gezellig gemaakt, ook voor Stasi en Negus. Dat is niet zo eenvoudig met al dat beton en zonder daglicht; maar het doet er niet toe, lang kan het toch niet meer duren. Ik ben volmaakt gelukkig dat ik zo dicht bij mijn arme Adi ben. Iedereen, Göring, Himmler, Ribbentrop, allemaal – behalve Goebbels – proberen ze hem over te halen, Berlijn te verlaten zo lang het nog mogelijk is, om op de Obersalzberg de strijd voort te zetten, of desnoods naar het Midden-Oosten te vluchten; maar dan kennen zij hem niet. Wat hem betreft kan iedereen gaan, maar hij blijft hier. Hij is nog steeds de enige, die standvastig is en aan zijn plaats in de geschiedenis denkt.

In de namiddag met Speer naar het laatste concert van de Berliner Philharmoniker. Ik had mijn mooie zilvervosmantel aan, denkelijk voor het laatst. Ver weg in het oosten was het zachte dreunen van het naderende front al te horen. In de auto zei hij dat hij het openingsstuk, Beethovens Ouverture Egmont, had vervangen door de finale van Wagners Götterdämmerung, *met het brandende* Walhalla *waarin de goden de dood vinden. Ook vertelde hij, dat hij de personalia van de musici uit de rekruteringsbureaus van de Volkssturm had laten verdwijnen. Goebbels vond dat ook zij ten onder moesten gaan, want het nageslacht had geen recht op dat schitterende orkest. En als de Führer er achter kwam? vroeg ik. Dan zou hij hem er aan herinneren, zei hij zonder mij aan te kijken, dat hij zelf vroeger hetzelfde foefje had toegepast om bevriende kunstenaars aan de dienstplicht te onttrekken. Speer is de enige die niet bang is voor de chef, zoals iedereen, en daar heeft hij geen weerwoord op. Een tijdje geleden schijnt Adi zijn zogenaamde 'Nero-bevel' van de verschroeide aarde te hebben uitgevaardigd: alles wat nodig is voor het overleven van het duitse volk moet vernietigd worden, alle industrieën, havens, spoorwegen, voedselvoorraden, bevolkingsregisters, alles en alles wat nodig is om ook zelfs onder de primitiefste omstandigheden voort te leven, want het heeft zich het mindere getoond van het volk uit het oosten en dus zijn recht op bestaan verspeeld. Van de secretaresses hoor ik, dat Speer vervolgens heel Duitsland is rondgereisd om overal tegenorders te geven, en dat hij dat ook aan Hitler heeft gemeld. Ieder ander had voor ook maar een fractie van die sabotage onmiddellijk de kogel gekregen, maar hij werd zelfs niet ontslagen. Het is een mirakel. Hij is een held, en zonder twijfel de fatsoenlijkste van die hele kliek, die de chef het leven zuur maakt. Ik weet niet, op een of andere manier zijn zij verliefd op elkaar, die twee, – misschien is dat de band die ik met Speer heb, wij vormen een soort drieeenheid. Soms denk ik, dat Adi nog meer van hem houdt dan van mij. Ik overwoog of ik Speer nu zou vertellen, dat ik onlangs ook zelf ervaring had opgedaan met administratieve zwendel, maar dan zou Siggi ter sprake moeten komen en dat durfde ik niet.*

Met onze jassen aan, de lampjes op de lessenaars van de musici als enige verlichting, luisterden wij in de stampvolle Beethovenzaal naar de muziek, terwijl wij wisten dat de verdoemenis ons van minuut tot minuut dichter naderde. Ik kreeg de indruk dat die macabere situatie Speer amuseerde; gedurende het hele concert speelde er een superieure glimlach om zijn mond. Na afloop stonden Hitlerjongens bij de uitgang en deelden gratis cyaankalicapsules uit.

In bed lang aan Siggi gedacht.

18.IV.45

Overspannen toestanden hier beneden, met steeds wanhopiger, in en uit lopende generaals, die hun leger kwijt zijn en die weer helemaal opknappen als de Führer hun een nieuw leger heeft beloofd, dat natuurlijk helemaal niet bestaat, terwijl hij eigenlijk alleen nog wil praten over eten, zijn kwalen en de slechtheid van de wereld waarin iedereen hem verraadt, behalve Blondi en ik. Ik heb geen idee wat er zich allemaal afspeelt, en eerlijk gezegd kan het mij ook niet schelen; maar intussen verveel ik mij nog erger dan in het sanatorium. Om de dag stuk te slaan, ga ik daarom nu opschrijven wat mij de laatste maanden is overkomen en wat ik weet. Niemand zal het ooit lezen, want ik zal het natuurlijk tijdig laten verdwijnen. Stel je voor, de russen zouden het in handen krijgen.

Die dag in september, toen ik op de Berghof afscheid van Siggi had genomen, werd ik helemaal niet naar Salzburg gebracht om naar de Führer in de Wolfsschanze te vliegen; we gingen een heel andere kant op. Toen ik aan de Gestapoman naast de chauffeur vroeg wat dit te betekenen had, kreeg ik geen antwoord en ik begreep dat er iets onheilspellends aan de gang was. In Bad Tölz werd ik achter hoge hekken afgeleverd bij een soort sanatorium. Het was mij duidelijk, dat ik nu heel rustig moest blijven en niet hysterisch moest gaan roepen dat ik de vriendin was van de Führer, en dat ik de moeder was van zijn kind, want dat zou iedereen alleen maar sterken in de overtuiging, dat ik krankzinnig was. De hondjes mocht ik bij mij houden, kennelijk wist men toch dat ik niet zo maar een patiënte was. Ik wilde natuurlijk meteen Adi bellen, maar telefoneren werd mij verboden.

Om mij te bewaken bleef ook de Gestapobeambte in de inrichting; kennelijk had hij opdracht gekregen, geen woord met mij te wisselen. Omdat ik kamerarrest had, liet hij een paar keer per dag Stasi en Negus uit. Het personeel was heel vriendelijk, het eten was goed, maar niemand vertelde mij iets. Al wist ik dat Siggi bij Julia en Ullrich in goede handen was, ik maakte mij toch zorgen om hem. Het was of ik droomde gedurende de maand die ik daar gevangen zat. Ik bekeek oude modebladen, of ik luisterde naar de radio, waaruit de ene jobstijding na de andere kwam. Al na een paar dagen had ik het opgegeven, te achterhalen wat ik fout had gedaan; het enige dat ik kon bedenken, was dat ik nu om een of andere reden de prijs moest betalen voor het feit, dat ik terechtgekomen was in de sinistere regionen van de absolute macht.

Toen werd ik plotseling aan de telefoon geroepen in de kamer van de directeur, die mij alleen liet. Bormann aan het toestel, even later de stem van de chef:

'Tschapperl! Het is allemaal een misverstand! Vanmiddag nog word je daar opgehaald en naar de Berghof gebracht. Maar bereid je voor op een afschuwelijk bericht. Er is een ongeluk gebeurd. Siggi leeft niet meer.'

Het was alsof opeens de zon was opgegaan en meteen daarop de nacht viel. Achteraf denk ik dat ik een paar seconden buiten bewustzijn was. Toen ik iets ging zeggen, viel hij mij meteen in de rede:

'Vraag niet verder. Ik vind het ook verschrikkelijk, maar er zijn de laatste tijd zo veel dingen verschrikkelijk, en er zullen er nog meer komen. De wereld is een tranendal. En denk er om, dat je je op de Berghof niet gedraagt als een moeder die haar kind verloren heeft.'

Een tranendal, ja... maar huilen kon ik niet. Op de Berghof kreeg ik te horen over het zogenaamde ongeluk op de schietbaan, waar ik niets van geloofde; er zat veel meer achter, want waarom was ik dan zelf gearresteerd? En die brave Ullrich Falk, hoe kon hij dat gedaan hebben? Was hij er voor betaald? En had Julia dat geaccepteerd? Dat was toch ondenkbaar! Hun kon ik het niet vragen, zij waren intussen overgeplaatst, huismeester Mittlstrasser beweerde dat hij niet wist waarheen. Dezelfde middag nog vroeg ik hem of hij mij Siggi's graf wilde laten zien, maar op het kerkhof van Berchtesgaden viel zijn mond open van verbazing. Hij wees naar de grond en zei: 'Hier was het, juffrouw Braun, precies hier, ik weet het zeker. Er zou een grafsteen komen.' Huichelde hij? Was er ooit een graf geweest? Leefde Siggi nog en was hij bij Ullrich en Julia? Nee, ik zag dat zijn verbazing oprecht was. Wij gingen naar de beheerder van de begraafplaats, maar ook in zijn kaartenbak was geen Siegfried

Falk te vinden. Ik zweeg. Ze hadden hem natuurlijk opgegraven en verbrand. Hij mocht nooit bestaan hebben.

19.IV.45

Langzamerhand begin ik er aan te wanhopen, dat ik ooit nog met Adi het drama van onze Siggi kan uitpraten. Hoe lang hebben wij nog te leven? Een week? Twee weken? Misschien heeft het juist daarom geen zin, en misschien vermijdt hij het, maar zo lang wij leven zijn wij toch niet dood!

Toen Feldwebel Tornow, Adolfs hondenverzorger, vanochtend vroeg met Blondi en zijn eigen teckel Schlumpi een wandeling ging maken door de Tiergarten – dat wil zeggen over de kale vlakte met zwartgeblakerde stronken die er van over is – besloot ik hem gezelschap te houden met Stasi en Negus, ook al wil Adi eigenlijk niet dat ik nog buiten kom. Maar hij sliep nog, hij zou het hoogstens achteraf te horen krijgen van Rattenhuber, die verantwoordelijk is voor zijn persoonlijke veiligheid. Blondi verzette zich aanvankelijk, zij wilde haar nestjongen niet alleen laten. Door de rook en de stank en het stof van de stervende stad was het nauwelijks een verademing na de duffe atmosfeer in de bunker; ik werd getroffen door de blauwheid *van het licht buiten, en door de wind, na het dode, roerloze elektrische licht in de diepte. Bij de Brandenburger Tor stond hotel Adlon in brand, maar eindelijk kon ik weer eens een sigaret opsteken. Ik hoefde niet bang te zijn herkend te worden, want niemand kent mij in Duitsland; dat zal op een dag anders zijn. Het dreunen van het front was weer dichterbij gekomen, het klonk als een naderend onweer, of nee, als het grommen van een voorwereldlijk beest dat alles vernietigend op ons af kruipt. Het uitstapje duurde niet lang, er begonnen granaten in te slaan en wij moesten maken dat wij wegkwamen met de honden.*

Nu zit ik dus weer vijftien meter onder de grond, en ik moet bekennen dat ik mij hier nu beter thuis voel dan buiten. Ik ga verder waar ik gisteren gebleven was.

De avond van nog steeds diezelfde dag belde ik mijn ouders en liet mij ondanks het luchtalarm naar München rijden. Daar werd ik eindelijk wijzer. Zij hadden in doodsangst gezeten toen zij wekenlang niets van mij hoorden en ook geen contact met de Wolfsschanze konden krijgen. Een paar dagen nadat ik naar Bad Tölz was gebracht, verscheen er een officier van de Gestapo en nam mijn moeder mee naar de centrale. Daar kreeg zij te horen dat het Rasse- und Siedlungshauptamt van de SS had ontdekt, dat zij, Franziska Kronburger, een joodse grootmoeder had en dus niet 100% rassenrein was. Dat bleek uit de archieven van de Burgerlijke Stand in haar geboortedorp Geiselhöring in de Oberpfalz.

Mijn ouders waren verbijsterd, maar ik kon hun niet vertellen wat ik onmiddellijk dacht: dat er natuurlijk sprake was van een complot, er op gericht om mij en daarmee Siggi in diskrediet te brengen. Ik was dus ook niet rassenrein en Siggi ook niet. Maar zij wisten niet beter of Siggi was het zoontje van de Falks, dat om het leven was gekomen door een tragisch ongeluk. Intussen bleek de zoon van de Führer joods bloed te hebben! De hel was losgebroken! Ik ken hem, ik weet hoe hij tot razernij moet zijn vervallen bij dat bericht –

(Het is of de Duivel er mee speelt: opeens viel het licht uit. Ik dacht dat het einde gekomen was, de duisternis was zo totaal als

in een baarmoeder; met de pen in mijn hand bleef ik roerloos zitten en luisterde naar het rumoer op de gang en in Adi's kamers hiernaast; toen Linge verscheen met een zaklantaarn en een pak kaarsen ging het licht weer aan.)

Adolf Hitler de vader van een joods verziekt kind! Dat was precies het allerergste dat hem had kunnen overkomen, en hij aarzelde geen seconde met handelen. Ook Gretl en haar Fegelein dreigden nu meegesleept te worden in de catastrofe. Die arme Gretl, sinds drie maanden was zij zwanger – ook van een niet zuiver arisch kind dus. Maar was het allemaal waar? Mama kwam uit een streng katholiek plattelandsgezin en zelf was ik bij de nonnen op een kloosterschool geweest; van joden in de familie wisten wij niets. Wanhopig probeerde papa de chef te bereiken, maar dat lukte natuurlijk niet. Goddank herinnerde hij zich op een dag, dat hij bij zijn huwelijk officiële afschriften had laten maken van zijn gegevens en die van mama, voor het geval hij die eens nodig mocht hebben voor een sollicitatie of iets dergelijks. Hij vond ze op zolder terug in een oude schoenendoos, waarmee de vervalsing zonneklaar was.

Daar kon alleen de Gestapo achter zitten. In wiens opdracht? En waarom? Wie had er iets te vrezen van dat joch? Maar wat mij het allerongelukkigst maakt, is hoe Adi in staat was de executie te bevelen van zijn zoontje waar hij zo gek op was. Hoe was dat in hemelsnaam mogelijk? Ik houd van hem, maar ik begrijp hem niet. Zou hij zichzelf begrijpen? Zou hij ooit over zichzelf nadenken?

20.IV.45

Adi jarig: zesenvijftig. Wie niet beter wist, zou eerder zeggen: zeventig. Eindelijk even onder vier ogen met hem gesproken.

Om elf uur stond hij op, en wat later verschenen ze allemaal om hem te feliciteren, Bormann, Göring, Goebbels, Himmler, Ribbentrop, Speer, Keitel, Jodl, de hele club. Ze kwamen via de tunnels uit de bunkers onder hun eigen ministeries en hoofdkwartieren, wat geen overbodige luxe was, want de amerikanen waren toch weer verschenen met een vloot van duizend vliegende forten, die urenlang hun bommen op de arme stad lieten regenen. Ofschoon wij onder twee meter aarde en vijf meter beton zitten, in de onderste verdieping, dreunde en kraakte het onafgebroken boven onze hoofden, de bunker schudde en hier en daar viel kalk naar beneden. Volgens Goebbels was dat bedoeld als verjaardagscadeau, later op de dag nog gevolgd door een cadeau van engelse bommenwerpers en een beschieting van de russen, die nu het centrum kunnen bereiken met hun artillerie. Ik kan niet ontkennen dat ik iets van trots voel als ik bedenk, dat al die miljoenenlegers en gigantische luchtvloten en al die ontelbare slachtoffers nodig zijn om de chef klein te krijgen. Welke vrouw heeft zo'n vriend? Zelf schijnt hij het allemaal vanzelfsprekend te vinden.

Na afloop van de receptie ging hij ondanks het gevaar naar de tuin om wat aangetreden Hitlerjongens te decoreren met het IJzeren Kruis. Liefst had ik toen Himmler aangeschoten om hem te vragen, of hij iets wist van een actie door zijn Gestapo in het archief van Geiselhöring, maar dat waagde ik niet. De rest van de dag was weer gewijd aan besprekingen en 's avonds gingen alle kopstukken er hals over kop vandoor naar veiliger oorden. Morgen zal de omsingeling van de stad vermoedelijk voltooid zijn. Ik kon zien dat ze doodsbang waren nu het opeens om hun eigen leven ging. Al die lafaards probeerden de chef nog eens voor het laatst over te halen naar Beieren te vluchten en daar de oorlog verder te leiden, maar hij is vastbesloten in Berlijn te sterven. Zonder afscheid te nemen was ook Speer opeens verdwenen; hij is de enige van wie het mij spijt dat ik hem nooit meer zal zien. Van de intimi is alleen Goebbels gebleven en helaas ook Bormann.

Met de vier dames van het secretariaat en juffrouw Marzialy, de kokkin, later op de avond in Hitlers kleine woonkamer nog champagne gedronken. Zelf dronk hij thee. In het gezelschap van alleen vrouwen leek hij zich wat te ontspannen. Zoals wij al ontelbare keren eerder hadden gehoord, sprak hij, onafgebroken koekjes etend, weer over zijn politieke strijd in de jaren twintig, maar nu kwamen er een paar keer tranen in zijn ogen, omdat door verraad en ontrouw van zijn generaals alles verloren was. Niets bleef hem bespaard, klaagde hij, en ik zag dat hij onderwijl met een duim zijn polsslag controleerde. 'En jij?' zei hij tegen Blondi met haar vijf zogende kleintjes, – 'ga jij mij ook verraden?' Wat later kreeg hij weer last van zijn periodieke maagkrampen, waartegen Morell hem dagelijks medicamenten geeft, die volgens mij de oorzaak er van zijn. Traudl en Christa schoven een stoel onder zijn benen en maakten van de gelegenheid gebruik om hem goedenacht te wensen. Even later was ik alleen met hem.

Wij keken elkaar aan. Hij had koekkruimels in zijn snor en rook uit zijn mond. Vroeger zou ik nu iets ondernomen hebben waar hij mij voor nodig had; en ik zag dat hij zag wat ik dacht, want hij ziet altijd alles, maar het werd niet uitgesproken. Dat is allemaal voorgoed voorbij, net als al het andere ook.

'*Onze kleine Siggi is dood, Adi,*' *zei ik.* '*Waarom?*'

Onder het portret van zijn moeder, en tegenover het schilderij van Frederik de Grote, keek hij mij aan met een blik alsof hij zich moest herinneren, wie dat ook alweer was, alsof hij hem eerst moest opzoeken tussen de tallozen die hij sindsdien heeft moeten laten executeren. Teder streelde hij Wölfi, zijn lievelingspuppy, die hij met trillende handen op schoot had genomen.

'*Omdat ik te horen kreeg, dat hij niet raszuiver was.*'

'*Maar dat was niet waar.*'

'*Dat wist ik op dat moment niet.*'

'*Maar hij was toch Siggi!*'

Terwijl hij mij aan bleef kijken, werd zijn wasbleke gezicht steeds roder en plotseling sloeg hij met een vuist op de leuning van zijn fauteuil en schreeuwde:

'*Wat denk jij nu eigenlijk? Dat was goed te pas gekomen in de kraam van de joden! Mijn zoon een joodse bastaard – een geschenk uit de hemel! Ik had rassenschande gepleegd! Zij hadden zich doodgelachen. Over mijzelf hebben zij zulke dingen ook beweerd, net als over Heydrich, maar sinds enige tijd lachen de meesten van hen niet meer.*'

'*Maar hij was toch, hoe dan ook, je kind!*'

'*Daarom juist. De vermenging met het joodse bloed had ook mijn eigen eiwitten verknoeid.*'

'*Maar je had hem toch eenvoudig Siegfried Falk kunnen laten blijven, daar had toch geen haan naar gekraaid.*'

'*En op een dag was het uitgekomen. Iemand had er over*

gepraat. Falk, bij voorbeeld. En als ik hem en Julia had laten doodschieten, had iemand gepraat tegen wie zij hadden gepraat. Op den duur komt alles altijd uit. De wereld zal zich nog verbazen over wat er binnenkort allemaal uitkomt.'

Ik schrok van de glans die plotseling in zijn ogen oplichtte, en ik was blij dat ik het in elk geval nooit zou weten.

'En wat was er met mij gebeurd als het waar was geweest?' Toen hij niet antwoordde, opperde ik voorzichtig: 'Kan het niet zijn dat de Gestapo —'

'Zwijg!' viel hij mij in de rede. 'Ik kan niet geloven, dat mijn trouwe Heinrich zoiets zou doen.'

'Maar wie heeft die akten dan vervalst? En waarom?'

'Ik weet het niet. Maar misschien kom ik het nog te weten in de paar dagen die ons resten.'

Daarop stuurde hij mij weg. Hij was moe. Ik moest nog maar wat champagne gaan drinken met de secretaresses.

21.IV.45

De hele dag gedaver van de artilleriebeschietingen, die geen ogenblik meer ophouden, boven ons horen wij de trotse Rijkskanselarij steeds verder instorten, maar ook daaraan raak je gewend. Het ergste vind ik nog dat ik mijn kleren niet meer kan wassen. Ik stink. Iedereen die hier nog is overgebleven, stinkt. Adi ook.

22.IV.45

Morell is goddank ook vertrokken. Zijn appartement is op uitnodiging van de Führer ingenomen door Goebbels en zijn familie. De kleine mankepoot is kennelijk zielsgelukkig, dat hij eindelijk tot de binnenste kring van Hitler behoort. Samen met hem willen zij sterven. Dat wil zeggen, Goebbels en zijn Magda willen dat, – hun zes kleine kinderen wordt het niet gevraagd. Ik heb vanmiddag met ze gespeeld en ze voorgelezen uit 'Max und Moritz'. Helga, Holde, Hilde, Heide, Hedda, Helmut – in al die namen klinkt de naam 'Hitler' mee. Magda is vastbesloten om ze te vergiftigen, want een leven zonder de Führer is het leven niet meer waard.

Adi was de hele dag gewikkeld in wanhopige besprekingen met Keitel en Jodl en andere generaals, terwijl hij intussen woest telefoneerde met Dönitz en Himmler en weet ik wie allemaal. 's Avonds sprak ik hem even terwijl hij met een vergrootglas zijn persoonlijke papieren en documenten sorteerde om in de tuin te laten verbranden. Terwijl het boven onze hoofden onafgebroken kraakte en dreunde, vroeg ik hem wat hij vond van Magda's voornemen haar kinderen te vermoorden. Bevend hield hij zich vast aan de rand van de tafel, keek mij een paar seconden strak aan en zei:

'Dat is haar vrije wil, van mij mag ze gaan. Maar wees jij maar blij dat Siggi niet meer leeft. Anders had jij dat straks ook met hem moeten doen. Of had je liever gewild, dat Stalin hem in de dierentuin van Moskou ten toon had gesteld?'

23.IV.45

Iedere dag en ieder uur kan het nu afgelopen zijn, maar het laat mij onverschillig zo lang ik bij mijn geliefde ben. Hem vandaag nauwelijks gesproken. Afscheidsbrief aan Gretl geschreven, die op het punt staat te bevallen. Haar verzekerd – op grond van niets – dat zij Fegelein beslist terug zal zien.

Speer is plotseling weer verschenen in de citadel, tegen middernacht hebben wij op mijn kamer een fles champagne gedronken. Hij kon het niet verdragen dat hij op Adi's verjaardag zonder afscheid te nemen was vertrokken. Hij noemde Hitler een 'magneet'. Met levensgevaar is hij in een klein vliegtuigje door het vijandelijke vuur gevlogen en op de Siegesallee bij de Brandenburger Tor geland. Hij kent geen angst; daarin is hij Adi beslist de baas. Van hem hoorde ik, dat er vanmiddag een telegram van Göring is gekomen, waarin hij voorstelt de macht over te nemen als Hitler in Berlijn handelingsonbekwaam is geworden. Bormann overtuigde de Führer er van dat dat een putschpoging was, waarop Adolf hem uit al zijn functies ontzette en een arrestatiebevel tegen hem uitvaardigde. Maar in werkelijkheid, zei Speer, was dat eerder een putsch van Bormann, waarmee hij zijn oude rivaal om Hitlers opvolging buiten spel zette. Met tranen in zijn ogen schijnt Adi geroepen te hebben, dat nu zelfs zijn oude kameraad Göring hem had verraden en dat dit het einde was. Ik kan geen woorden vinden om uit te drukken, hoe ik te doen heb met hem.

Vannacht is Speer weer vertrokken. Ik hoop dat hij het haalt.

24.IV.45

Vandaag verscheen Adi opeens in mijn kamer en zei zonder inleiding:

'Stel, het was wel waar geweest en we waren er niet achter gekomen en we hadden de oorlog gewonnen en Siggi was mijn

opvolger geworden, dan was dat de ultieme coup van het jodendom geweest: dan had het joodse bloed de wereldheerschappij gehad en de menselijke beschaving vernietigd, want dat is waar de jood altijd en overal op uit is.'

'De jood, de jood...' herhaalde ik. 'Hij was dan toch maar een zestiende jood geweest.'

'Een zestiende!' riep hij minachtend. 'Een achtste! Domme gans! Lees toch eens een boek in plaats van alleen maar modebladen. Dan zou je weten dat er bij elke generatie weer een hele jood uitmendelt.'

'Maar hij was ook geen zestiende jood. Hij was een volbloed ariër.' Ik verzamelde al mijn moed en zei: 'Iemand heeft je bedrogen, Adi.'

Toen hij zich omdraaide, wankelde hij even en moest zich vastgrijpen. Zonder nog iets te zeggen sleepte hij zich de kamer uit. Maar ik bleef met een blij gevoel achter: ik was al bang dat hij het vergeten was door al zijn beslommeringen. Hoe kon ik dat ook denken, hij vergeet nooit iets.

Magda moet het bed houden. Zij heeft last van haar hart gekregen bij het vooruitzicht, dat zij haar kinderen moet vergiftigen. Ja, ik prijs mij gelukkig dat Siggi niet meer leeft.

25.IV.45

Ik herinner mij de reusachtige kaarten op de tafel voor het grote raam in de Berghof: Rusland, West-Europa, de Balkan, Noord-Afrika. Nu ligt op de kaartentafel alleen nog een plattegrond van Berlijn. De russen zijn al een kilometer bij ons vandaan, in de Tiergarten; door alle straten en metrobuizen rukken zij hierheen op. Nog een paar dagen en een plattegrond van onze bunker zal voldoende zijn.

Vanmiddag bij de lunch even alleen met hem, maar ik durfde niet weer over de executie van Siggi te beginnen. Wat heeft het trouwens voor zin. Terwijl hij zijn dunne havermoutpap naar binnen werkte, kwam Linge met het bericht dat zojuist een armada van honderden zware bommenwerpers de Obersalzberg had gebombardeerd, waarbij alles vernietigd was, ook de Berghof. Ik schrok: dat deel van mijn leven was nu dus ook weg. Maar Adolf toonde geen emotie.

'Heel goed,' knikte hij tussen twee happen door. 'Anders had ik het zelf moeten doen.'

26.IV.45

Problemen met mijn zwager. 's Avonds zaten Hitler, Goebbels, Magda en ik bij elkaar, de kinderen sliepen, en de twee mannen spraken over het moment waarop het misgegaan was. Ik probeerde ze op te vrolijken met herinneringen aan de feesten die wij op de Berghof hebben gevierd, maar het was alsof de dood in zwarte gordijnen door de kamer hing. Plotseling werd ik door een ordonnans aan de telefoon geroepen. Ik dacht dat het misschien mijn ouders waren, maar het was Fegelein. Ik vroeg waar hij was, maar daar gaf hij geen antwoord op. Hij zei dat ik de Führer moest verlaten en onmiddellijk met hemzelf uit Berlijn vluchten, over een paar uur zou het te laat zijn. Hij ging er vandoor, hij had geen zin om hier zinloos te sterven voor een hopeloze zaak, en ik moest dat ook niet doen. Ontzet zei ik, dat hij meteen terug moest komen naar de citadel, want de Führer kende geen genade met deserteurs. Daarna verbrak hij zonder groet de verbinding. Ik zei niets van het gesprek tegen Adi, maar natuurlijk was het afgeluisterd en kreeg hij het even later te horen. Hij beval, Fegelein op te sporen en te arresteren.

Waarom belde hij mij op? Hij wist toch dat hij afgeluisterd werd. Was het misschien een vertwijfelde poging om te kunnen profiteren van de Führer-Ausweis die ik heb? Arme Gretl. Als dit maar goed afloopt.

27.IV.45

Ruim een week ben ik nu niet buiten geweest, ik weet dat ik nooit meer de zon zal zien, maar daar heb ik vrede mee. Ik heb drieëndertig jaar geleefd en bijna alles gekregen waar ik naar verlangde – waarom zou ik als een vrouw van achtentachtig het jaar 2000 nog moeten meemaken, in een beestachtige, bolsjewistisch verwilderde wereld? Nee, ik ben zielsgelukkig dat ik hier aan de zijde van mijn geliefde mag sterven. In deze dagen tussen leven en dood moet ik vaak denken aan de eerste keren dat ik hem te zien kreeg, zonder te weten wie hij was. Zeventien was ik, net in dienst bij Hoffmann, die ik soms mocht helpen in de donkere kamer. Ik was graag daar in dat geheimzinnige rode licht, waardoor ik het gevoel had alsof ik op een andere planeet was, – en nog steeds zie ik in de ontwikkelbak als een geestverschijning zijn gezicht opdoemen uit het glanzende niets. Misschien heeft hij mij toen al betoverd met die ogen van hem.

Hermann vanmiddag opgepakt. Hij was in zijn appartement in de BleibtreuStrasse en stond op het punt te vertrekken, in burger, met een tas vol geld en kostbaarheden en in gezelschap van zijn maîtresse, de vrouw van een geïnterneerde hongaarse diplomaat, met wie hij naar Zwitserland wilde vluchten. Zij wist te ontkomen. O, wat heb ik nu een hekel aan die dubbele verrader. Ik kreeg de indruk dat Adi hem vandaag nog wilde laten executeren, maar met een beroep op de hoogzwangere Gretl kreeg ik hem zo ver dat hij hem alleen degradeerde en liet opsluiten.

Bormann vroeg mij vanmiddag achterdochtig, wat ik toch aldoor aan het schrijven ben. Hij kan het niet uitstaan als hij iets niet weet, die bruut. Afscheidsbrieven aan mijn zusters en vriendinnen, zei ik. Steeds als ik een vel vol heb, verstop ik het in het luchtrooster.

29.IV.45

Ik ben mevrouw Hitler! Dit is de mooiste dag van mijn leven: Eva Hitler! Eva Hitler! Mevrouw Eva Hitler-Braun, echtgenote van de Führer! De first lady *van Duitsland! Ik ben de gelukkigste mens op aarde! Tegelijk is het de laatste dag van mijn leven – maar wat is er mooier dan op de mooiste dag te sterven?*

Het is zover. Gisteravond om tien uur hoorde ik Adi plotseling brullen als een wild beest, zoals ik het nooit eerder had gehoord, maar ik durfde niet naar zijn kamers te gaan. Goebbels vertelde mij een uur later, dat de Führer een opgevangen bericht van een engels persbureau voorgelegd had gekregen, waarin werd onthuld dat Himmler via de zweedse graaf Bernadotte vredesonderhandelingen was begonnen met het westen. Himmler! Na Göring had ten slotte ook zijn trouwste volgeling en enig overgebleven kandidaat voor zijn opvolging hem verraden. Dit was het ergste dat hem had kunnen overkomen, zei Goebbels, en het betekende het definitieve einde van ons allemaal.

Ik had geen idee wat er in de volgende paar uur allemaal gaande was in de citadel, het was intussen zondag geworden, niemand sliep, de meesten van ons zullen nooit meer slapen, en om een uur 's nachts stond Adi opeens in mijn kamer, bijkans onherkenbaar, met verwarde haren, ongeschoren, zijn gezicht vol rode vlekken. Sidderend over zijn hele lichaam liet hij zich op mijn bed vallen en wreef met beide handen over zijn gezicht. Nadat hij wat tot zichzelf was gekomen, vertelde hij mij wat ik al wist, en dat hij bevel had gegeven Himmler te arresteren en dood te schieten. Zonder iets te zeggen ging ik naast hem op de grond zitten en nam zijn mooie, koude hand in de mijne. Hij keek mij aan en zei, terwijl zijn ogen vochtig werden:

'Het is mij nu allemaal duidelijk, Tschapperl. Al vijftien jaar geleden, nog vóór de machtsgreep, heb ik laten onderzoeken of jij en je familie rein arisch waren. Je begrijpt misschien, dat ik in dat opzicht niets kon riskeren. Om een of andere reden liet ik dat door Bormann doen en niet door Himmler, die toen ook al dossiers over alles en iedereen had aangelegd, ook over jou natuurlijk, en zelfs over mij, vermoed ik. Vandaag denk ik dat mijn intuïtie, die mij nog nooit bedrogen heeft, mij toen het eerste signaal gaf dat hij toch niet voor de volle honderd procent te vertrouwen was. Dat onderzoek leverde niets op, en voor mij was de zaak daarmee afgedaan. Maar niet voor Himmler. Hij voelde zich gepasseerd, wat hij ook was, en van toen af wachtte hij op het moment dat hij zijn gram kon halen. Herinner je je nog,' vroeg hij plotseling, 'dat wij eens op het terras van de Berghof bij

elkaar zaten, jij, Bormann en ik, en dat ik zei dat ik misschien wel een dynastie zou stichten, net als Julius Caesar?'

'Vaag.'

'Maar ik herinner het mij alsof het gisteren was. Julia zette net koffie en koek op tafel, – en ik zei het met opzet waar zij bij was, zodat zij zich er op in kon stellen dat zij op een dag misschien afstand zou moeten doen van Siggi. Ik speelde toen met de gedachte, dat ik meteen na de eindoverwinning met jou zou trouwen. Dat zou hier in Germania het schitterendste huwelijk aller tijden moeten worden, met wekenlange feesten in het hele Grootduitse Wereldrijk. Op zijn eenentwintigste verjaardag, in 1959, zou Siegfried Hitler mij dan als mijn Augustus opvolgen als Führer. Jij en ik zouden ons terugtrekken in Linz, waar ik mij als oude man van zeventig alleen nog aan de kunst zou wijden en met Speer toezicht houden op de bouw van mijn mausoleum aan de Donau, dat vele malen groter zou worden dan dat van Napoleon in de Dôme des Invalides.'

Een zware voltreffer vlak boven ons deed de bunker schudden in de zachte grond. Adi kromp even in elkaar en keek angstig naar een stroompje omlaagritselend kalkgruis in de hoek van de kamer.

'Dat is nu allemaal voorbij,' zei ik.

'Door verraad, incompetentie en gebrek aan fanatisme,' knikte hij. 'Ik had dat toen natuurlijk niet moeten zeggen, want je moet nooit iets zeggen als het niet strikt noodzakelijk is, maar ik heb het gezegd en Bormann heeft het doorverteld aan zijn vriend Fegelein, half dronken natuurlijk. Dat had hij op zijn beurt niet moeten doen, maar hij heeft het gedaan, en Fegelein heeft het doorverteld aan Himmler, wiens verbindingsofficier hij was. Dat

wij een zoon hadden, wist Himmler natuurlijk al lang, anders deugde hij niet als politieman. En toen,' zei Adi, 'in de zomer van vorig jaar, toen alles mis begon te gaan en die verraderlijke zwijnen hun aanslag op mij pleegden, stapte je zwager naar Himmler en zei dat hij van je zwangere zuster af wilde. Scheiden kon natuurlijk niet, want dat huwelijk was mijn wens geweest, ik was zelfs als getuige opgetreden. En daar wist mijn verradelijke Reichsführer wel wat op. Hij liet de papieren in Geiselhöring vervalsen, waarmee hij drie vliegen in één klap sloeg: Fegelein kreeg zijn zin, maar waar het hem natuurlijk om ging, was dat Siggi het niet zou overleven, want die blokkeerde zijn eigen aspiraties om mij op te volgen. En in het voorbijgaan was dan ook nog de openstaande rekening met Bormann vereffend.'

Wat bezielde die mannen toch? Ik wist niet wat ik zeggen moest en vroeg:

'Hoe weet je dat allemaal?'

'Van Fegelein. Toen ik hoorde van het verraad van Himmler vermoedde ik meteen, dat zijn voorgenomen vlucht naar Zwitserland tot doel had ook van daaruit contact met de geallieerden op te nemen, en ik heb hem meteen scherp laten verhoren.'

'En wat gebeurt er nu met hem?'

Hij keek mij aan, terwijl zijn ogen plotseling even veranderden in twee messen, of bijlen, ik weet niet hoe ik het moet uitdrukken.

'Het is al gebeurd.'

Ik sloeg mijn ogen neer en dacht aan Gretls kind, dat nooit zijn vader zou kennen.

SIEGFRIED

'Ik heb,' ging Adi even later verder, 'Bormann toen een scène gemaakt dat hij klungelwerk had afgeleverd in 1930. Ik stuurde hem naar de Obersalzberg om Falk te bevelen, Siggi te elimineren, en ik denk dat hij toen al vermoedde dat de zaak niet klopte, maar dat durfde hij mij niet te zeggen, ook niet nadat je vader had aangetoond dat de documenten vervalst waren. Of misschien wilde hij het niet zeggen, omdat hij ook zelf de illusie had mij op te volgen. Maar ik zal hem dat allemaal niet vragen, want het doet er niet meer toe. Ik zal geen opvolger hebben, ik ben een idioot geweest om te denken dat het nationaal-socialisme mij zou overleven. Duizend jaar nog wel. Iedereen heeft mij altijd onderschat, maar ik mijzelf nog het meest. Het is met mij begonnen en het zal met mij eindigen. Dönitz mag wat mij betreft de rommel opruimen, het laat mij koud. In plaats van over mijn opvolger na te denken heb ik iets anders besloten, Tschapperl. Om het goed te maken, ga ik zodadelijk met je trouwen.'

Had ik het goed gehoord? Ging Adolf Hitler met mij trouwen? Dat kon toch niet waar zijn! Op die woorden had ik mijn hele leven gewacht! Mijn hart sprong op van geluk, ik vloog overeind en huilend van vreugde omarmde ik hem. Terwijl ik hem kuste werd er geklopt en ik stond geschrokken op, zoals ik dat al die jaren in zo'n situatie had gedaan, – maar nu was het eigenlijk niet meer nodig: nog even en de hele wereld zou eindelijk weten wie ik was! Linge meldde dat Generaloberst Ritter von Greim op instructies wachtte, waarop mijn verloofde, geholpen door ons beiden, steunend overeind kwam. Terwijl ik nog snel even zijn haar kamde, zei hij:

'Iedereen zal zich nog eeuwenlang afvragen waarom ik dit doe, maar alleen jij weet het.'

Ik ging mij meteen verkleden. Liefst was ik in het wit getrouwd, maar zoiets heb ik hier niet in mijn garderobe; in plaats daarvan trok ik Adi's zwartzijden lievelingsjurk met de rose rozen aan, met daarbij de mooiste sieraden die ik van hem heb gekregen: de gouden armband met toermalijnen, mijn horloge met de briljanten, de halsketting met de topaas en de briljanten haarspeld. Dat alles heb ik nog steeds aan – en ik weet dat ik het nooit meer uit zal doen.

Goebbels had intussen een functionaris laten opsporen die bevoegd was ons huwelijk te sluiten.

'Zijn naam is Wagner,' zei Goebbels met glanzende ogen, toen ik om twee uur 's nachts aan zijn arm naar de kaartenkamer ging. 'Wat zegt u daarvan? Wagner – hier in deze Götterdämmerung! De Führer heeft nog steeds magische macht over de werkelijkheid.'

Hij en een nors kijkende Bormann waren onze getuigen. Verder waren er alleen een paar generaals, Magda, die onafgebroken jaloerse blikken op mij wierp, de dames van het secretariaat en Constanze Marzialy, die straks ons galgenmaal zal koken: spaghetti met tomatensaus. Wagner was in het uniform van de Volkssturm, en toen ik moest bevestigen dat ik van rein arische afstamming was, begreep ik dat Adi het woord 'Ja' ook uit mijn eigen mond had willen horen. Maar hij kan er niet zo blij mee zijn geweest als toen ik zijn 'Ja' hoorde op de vraag, of hij mij als zijn vrouw aanvaardde – die twee letters, die korte klank, die voor mij de hemel op aarde vertegenwoordigde. Toen ik na hem de oorkonde tekende op de kaartentafel, bij de trillende wijsvinger van Wagner, zag ik dat er met rood potlood een groot kruis was getrokken over de plattegrond van Berlijn.

SIEGFRIED

Dit is het laatste dat ik schrijf. Er zijn al straatgevechten in de Wilhelmstraße, ieder uur kunnen de russen in de bunker verschijnen. Mijn man heeft zijn testamenten gedicteerd en kreeg het bericht van Mussolini's einde nog te verwerken: doodgeschoten door partizanen en met zijn vriendin Clara Petacci ondersteboven opgehangen aan een benzinepomp. 'Net als Petrus,' zei Goebbels met de cynische humor, waar hij het patent op heeft. Precies dat is wat ons niet mag overkomen, en mijn man liet benzine bezorgen om straks onze lijken te verbranden.

Op de gang rennen de kinderen van Magda met groot kabaal heen en weer, maar niemand zegt er iets van, want ook hun lot is bezegeld. Ik moet aan Siggi denken, maar de gedachte dat ik mijn geluk dank aan zijn dood probeer ik te onderdrukken.

Een half uur geleden heeft mijn man Blondi laten vergiftigen door Tornow. Hij vertrouwde de cyaankalicapsules niet meer, die hij van Himmler had gekregen en die voor mij bestemd zijn. Zij was meteen dood; zwijgend, zonder emotie keek hij even naar zijn lievelingsdier en draaide zich om. Tien minuten geleden verscheen Tornow plotseling bij mij in de kamer, met zijn Schlumpi onder zijn arm, die begon te kwispelen toen hij mij zag. Met tranen in zijn ogen vertelde hij, dat hij het lijk van Blondi naar de tuin had moeten brengen en daar in opdracht van mijn man haar vijf welpen had moeten doodschieten, ook de kleine Wölfi, terwijl zij de tepels van hun dode moeder zochten. Ik begreep niet wat hij kwam doen, waarop hij zwijgend naar Stasi en Negus keek, die naast elkaar op het bed zaten.

'Het is niet waar!' riep ik. 'Die mogen de russen toch hebben!' Ik verstarde en keek naar zijn teckel, een

chocoladebruine schat met een bruine neus.

Hij begon te huilen en zonder een woord verdween hij met de drie hondjes. Gelukkig kan ik de schoten niet horen. Als hij terugkomt zal ik hem vragen, dit manuscript te verbranden in de tuin. Hij is de enige hier die ik kan vertrouwen.

Ik kan niet meer, ik weet het niet meer. Ik houd van mijn man, maar wat bezielt hem? Negen honden! Waarom? Straks klopt hij beleefd op de deur om mij te halen voor onze huwelijksnacht in het vuur.

19

Toen Maria terugkwam in de kamer, bleef zij verstijfd op de drempel staan. Zij zag onmiddellijk dat er iets fataals was gebeurd. Herter lag nog in dezelfde houding als toen zij hem had verlaten, met gesloten ogen, maar tegelijk was hij onherkenbaar veranderd, alsof hij was verwisseld met zijn kopie uit het panopticum in Amsterdam.

'Rudi!' schreeuwde zij.

Zonder de deur achter zich dicht te doen, rende zij naar het bed en schudde hem aan zijn schouders heen en weer. Toen hij niet reageerde, luisterde zij aan zijn mond. Stilte. Met bevende vingers maakte zij zijn das los, probeerde zijn hemd open te knopen, rukte toen de panden uit elkaar en legde haar oor op zijn borst. Overal diepe stilte. Zo goed en zo kwaad als het ging probeerde zij mond-op-mondbeademing, hartmassage, maar zonder resultaat. Radeloos, met bonkend hart, richtte zij zich op en keek weer naar zijn onwerkelijke gezicht.

'Ik geloof het niet!' riep zij. Zij greep de telefoon en belde de receptie. 'Stuurt u onmiddellijk een dokter! Onmiddellijk!' Snikkend omarmde zij het willoze lichaam dat niets meer met haar te maken wilde hebben, terwijl zij de gedachte dat hij misschien dood was met alle geweld afweerde.

· De dokter, een kleine man met zwart krullend haar, stond al een paar minuten later in de kamer. Zonder iets te zeggen, zijn aandacht alleen bij het roerloze lichaam, ging hij op de rand van het bed zitten en nam Herters linkerhand om zijn pols te voelen. Iets blinkends viel uit de hand op de grond. Hij raapte het op, bekeek het even en gaf het aan Maria. Verbaasd keek zij naar het bizar gevormde stukje metaal, lood misschien, dat zij nooit eerder had gezien. Wat was dat voor raadselachtig ding? Waar kwam het vandaan? Waarom had hij het in zijn hand genomen?

Ook het onderzoek met de stethoscoop liet niets op het gezicht van de dokter verschijnen dat hoop gaf. Voorzichtig schoof hij Herters oogleden van elkaar en scheen met een lampje in zijn pupil. Hij zuchtte, keek Maria aan en zei:

'Het spijt mij, mevrouw. Meneer is overleden.'

'Maar hoe kan dat ineens?' vroeg Maria, alsof een antwoord op die vraag de zaak nog ten goede kon keren. 'Een half uur geleden leefde hij nog!'

De dokter stond op.

'Een plotselinge hartstilstand. Dat kan op deze leeftijd. Misschien door een te grote emotie.'

'Maar hij ging juist even slapen!'

De dokter maakte een gebaar dat hij het even min wist; met nog een paar meelevende woorden nam hij afscheid. Ook de directeur van Sacher was inmiddels in de kamer verschenen. Ontdaan nam hij met twee handen die van Maria in de zijne en zocht naar woorden.

'Mevrouw... zo'n grote geest... een verlies voor de wereld...' bracht hij uit. 'Wij zullen u natuurlijk met alles helpen.'
Maria knikte.
'Ik wil nu even alleen zijn met hem.'
'Natuurlijk, natuurlijk,' zei de directeur en ging de kamer uit, terwijl hij de deur zacht achter zich sloot.

Maria voelde dat het onherroepelijke geleidelijk tot haar door begon te dringen. Hoe het met haarzelf verder moest was van later zorg, zij moest nu onmiddellijk Olga bellen. Die arme Marnix! Hoe moest het hem verteld worden?

In Amsterdam werd niet opgenomen, zij kreeg de voice mail.

'Met Maria,' zei zij na de piep. 'Lieve Olga, er is iets verschrikkelijks gebeurd. Bereid je voor op het allerergste. Daarstraks is Rudi plotseling gestorven. In zijn slaap...' Zij voelde iets van verlamming, maar zij dwong zich verder te spreken. 'Bel meteen terug naar Sacher, je hebt het nummer. Ik hoop dat jullie nog thuiskomen voordat jullie naar Schiphol gaan, anders zal ik proberen jullie daar te bereiken. Misschien is het beter als Marnix van mij hoort dat...' Haar stem brak. 'Ik kan niet verder praten...' zei zij schor en legde de hoorn neer.

Met het blinkende stukje metaal in haar handen keek zij naar Herter, haar gezicht nat van de tranen.

'Waar ben je heen?' fluisterde zij.

Haar blik viel op het dictafoontje in Herters rechterhand. Terwijl haar ogen zich even vergrootten, stond zij op en wilde het er uit nemen, maar de vingers hielden het vast. Voorzichtig maakte zij het er uit los, terwijl zij voelde dat het lichaam al kouder was geworden.

Het bandje was aan het eind tot stilstand komen. In de stoel bij het raam spoelde zij het terug, terwijl zij nu en dan even luisterde. Plotseling hoorde zij:

'...De lichamen werden vlakbij de uitgang in een granaattrechter neergelegd en snel met benzine overgoten. Omdat niemand zich nog eens in de ring van vuur naar voren durfde te wagen, gooide een adjudant er een brandende lap op, – en een politiewacht die het tafereel uit de verte zag, verklaarde later dat het was alsof de vlammen vanzelf uit de lijken oplaaiden. Vanzelf! Daar had je dus die brandfakkel van Nietzsche!... Ik kan mijn ogen niet meer openhouden...' En toen haar eigen stem: 'Dat kan ik me voorstellen. Ga even slapen, je hebt nog wel een half uurtje. De auto van de ambassade komt over een uur, ik ga beneden een Wiener Melange drinken – om bij te komen. Als je me nodig hebt, bel je maar.'

Zij hoorde de kamerdeur dichtgaan, waarna het stil werd. Ingespannen bleef zij luisteren. Minuut na minuut was er niets te horen, alleen het verkeer buiten op straat. Toen de telefoon ging, zette zij het apparaatje af.

'Olga?'

'Nee, mevrouw, de chauffeur van de ambassade. Ik

sta in de lobby om u en meneer Herter naar het vliegveld te brengen. Mevrouw Röell laat zich excuseren, zij is vanmiddag bevallen van een meisje.'

'Nee, er is een vreselijk ongeluk gebeurd, chauffeur, meneer Herter leeft niet meer. Vraagt u de ambassadeur alstublieft of hij mij zo gauw mogelijk belt.' Toen de chauffeur kennelijk te geschrokken was om te antwoorden, verbrak zij de verbinding.

Zij zette het dictafoontje weer aan en ging verder met het luisteren naar de stilte, onafgebroken naar Herters gezicht kijkend. Buiten weerklonk het geklak van paardenhoeven. Na een paar minuten hoorde zij plotseling zacht rumoer, dat zij niet thuis kon brengen, – en dan ook, heel zacht en ver weg, zijn stem. Steunen, klanken, woorden... Zij hield haar andere oor dicht, boog zich over haar schoot en sloot ingespannen haar ogen. Pas toen zij het de derde keer herhaalde, verstond zij het:

'...*hij... hij... hij* is hier...'

Daarna niets meer.

BOEKEN VAN HARRY MULISCH

POËZIE

Woorden, woorden, woorden, 1973
De vogels, 1974
Tegenlicht, 1975
Kind en Kraai, 1975
De wijn is drinkbaar dank zij het glas, 1976
Wat poëzie is, 1978
De taal is een ei, 1979
Opus Gran, 1982
Egyptisch, 1983
De gedichten 1974-1983, 1987

ROMANS

archibald strohalm, 1952
De diamant, 1954
Het zwarte licht, 1956
Het stenen bruidsbed, 1959
De verteller, 1970
Twee vrouwen, 1975
De Aanslag, 1982
Hoogste tijd, 1985
De pupil, 1987
De elementen, 1988
De ontdekking van de hemel, 1992
De Oer-Aanslag, 1996
De Procedure, 1999
Siegfried, 2001

VERHALEN

De kamer, 1947
 (in *Mulisch' Universum*, de romans)
Tussen hamer en aambeeld, 1952
Chantage op het leven, 1953
De sprong der paarden en de zoete zee, 1955
Het mirakel, 1955
De versierde mens, 1957
Paralipomena Orphica, 1970
De grens, 1976
Oude lucht, 1977
De verhalen 1947-1977, 1977
De gezochte spiegel, 1983
Het beeld en de klok, 1989
Voorval, 1989
Vijf fabels, 1995
Het theater, de brief en de waarheid, 2000
Vonk (fragment), 2002
Moderne athoomtheorie voor iedereen, 2002

THEATER

Tanchelijn, 1960
De knop, 1960
Reconstructie, 1969
 (in samenwerking met Hugo Claus
 e.a.)
Oidipous Oidipous, 1972
Bezoekuur, 1974
Volk en vaderliefde, 1975
Axel, 1977
Theater 1960-1977, 1988

STUDIES, TIJDSGESCHIEDENIS,
 AUTOBIOGRAFIE, ETC.

Manifesten, 1958
Voer voor psychologen, 1961
De zaak 40/61, 1962
Bericht aan de rattenkoning, 1966
Wenken voor de Jongste Dag, 1967
Het woord bij de daad, 1968
Over de affaire Padilla, 1971
De Verteller verteld, 1971
Soep lepelen met een vork, 1972
De toekomst van gisteren, 1972
Het seksuele bolwerk, 1973
Mijn getijdenboek, 1975
Het ironische van de ironie, 1976
Paniek der onschuld, 1979
De compositie van de wereld, 1980
De mythische formule, 1981
 (samenstelling Marita Mathijsen)
Het boek, 1984
Wij uiten wat wij voelen, niet wat past, 1984
Het Ene, 1984
Aan het woord, 1986
*Grondslagen van de mythologie van het
 schrijverschap*, 1987
Het licht, 1988
De zuilen van Hercules, 1990
Op de drempel van de geschiedenis, 1992
Een spookgeschiedenis, 1993
Twee opgravingen, 1994
Bij gelegenheid, 1995
Zielespiegel, 1997
Het zevende land, 1998